記憶バトルロイヤル

覚えて勝ちぬけ！　100万円をかけた戦い

相羽 鈴・作
木乃ひのき・絵
青木 健・監修

集英社みらい文庫

もくじ

ハリ太郎《はりたろう》

人間《にんげん》の言葉《ことば》をしゃべるハリネズミ。イクスメビウス社《しゃ》の【X計画《エックスけいかく》】をさぐる!?

登《とう》場《じょう》人《じん》物《ぶつ》紹《しょう》介《かい》

木下柊矢《きのしたしゅうや》

小《しょう》5。記憶力《きおくりょく》はトホホなレベル。サッカーのワールドカップを観《み》るのが夢《ゆめ》！

イクスメビウス社《いくすめびうすしゃ》
研究員《けんきゅういん》

有名《ゆうめい》ゲームメーカーの社員《しゃいん》。ナゾの【X計画《エックスけいかく》】のため柊矢《しゅうや》たちのデータを収集《しゅうしゅう》!?

藤和怜央《とうわれお》

中《ちゅう》2。カメラアイの能《のう》力《りょく》を持《も》つ記《き》憶《おく》のプロ！

大石明日音《おおいしあすね》

小《しょう》5。柊矢《しゅうや》の幼《おさな》なじみ。ピアノが得《とく》意《い》だけど…!?

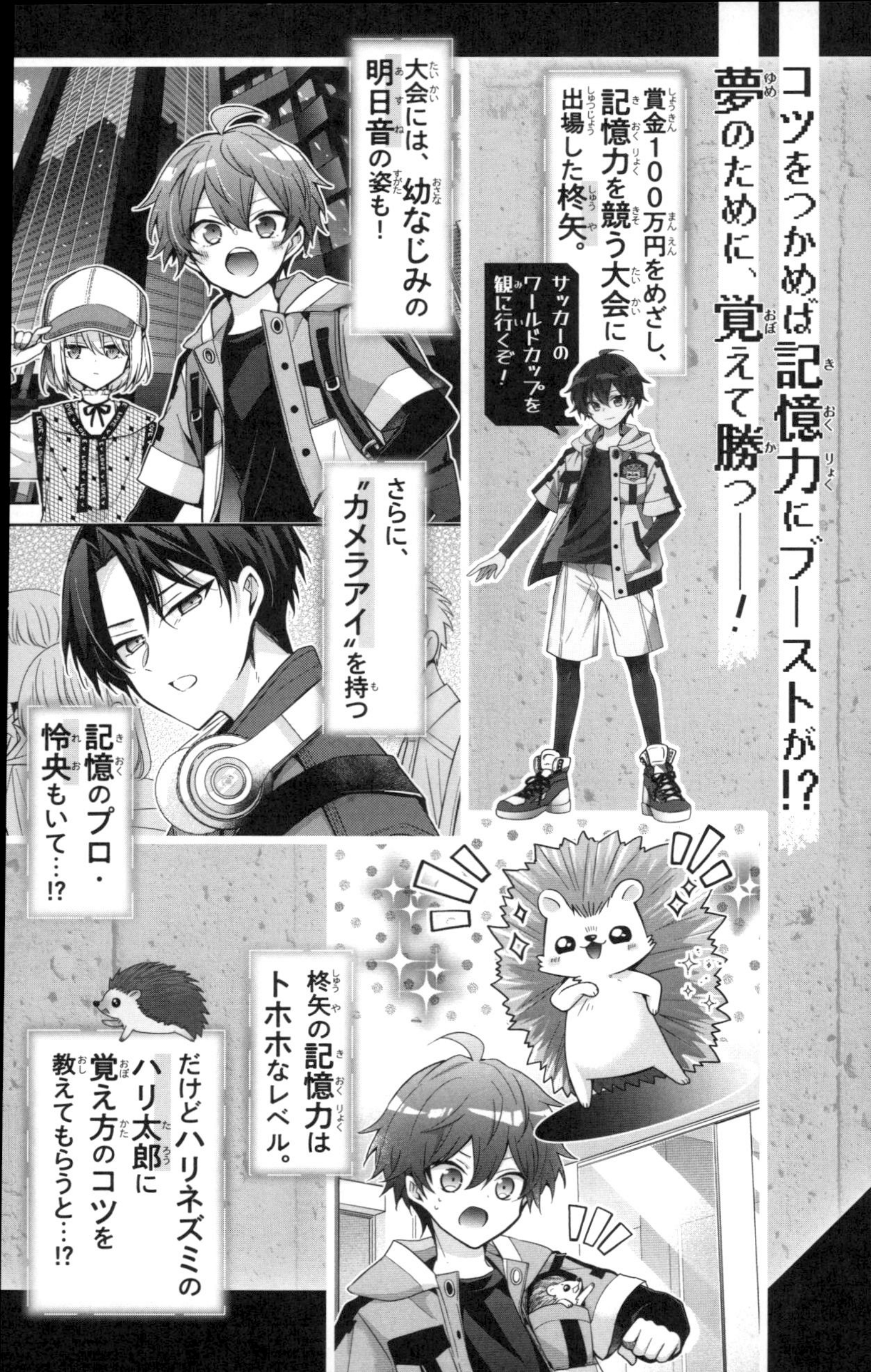
コツをつかめば記憶力《きおくりょく》にブーストが!?
夢《ゆめ》のために、覚《おぼ》えて勝《か》つ――!
賞金《しょうきん》100万円《まんえん》をめざし、記憶力《きおくりょく》を競《きそ》う大会《たいかい》に出場《しゅつじょう》した柊矢《しゅうや》。
サッカーのワールドカップを観《み》に行《い》くぞ!
大会《たいかい》には、幼《おさな》なじみの明日音《あすね》の姿《すがた》も!
さらに、〝カメラアイ〟を持《も》つ記憶《きおく》のプロ・怜央《れお》もいて…!?
柊矢《しゅうや》の記憶力《きおくりょく》はトホホなレベル。
だけどハリネズミのハリ太郎《たろう》に覚《おぼ》え方《かた》のコツを教《おし》えてもらうと…!?

人《じん》物《ぶつ》
数《すう》字《じ》
ハリ太郎《たろう》の指南《しなん》を受《う》け、柊矢《しゅうや》は難題《なんだい》に挑《いど》み…!?
楽《がく》譜《ふ》
迷《めい》路《ろ》
負《ま》けたら即脱落《そくだつらく》の
バトルロイヤル
開幕《かいまく》!
絶対役立《ぜったいやくだ》つ★
東大記憶王《とうだいきおくおう》がわかりやすく
教《おし》える覚《おぼ》え方のコツ!
つづきは本文《ほんぶん》を読《よ》んでね☆

プロローグ

4610773800
1469450175

壁《かべ》にかけられた大《おお》きなモニターに、光《ひか》る数字《すうじ》が並《なら》んでいる。
この20桁《けた》を、２分《ふん》で完璧《かんぺき》に覚《おぼ》える。
それがオレたちのミッションだ。

【残《のこ》り時間《じかん》、あと10秒《びょう》です。10、9、8……】

カウントダウンが始《はじ》まった。

今《いま》オレは【メモリー・バトルロイヤル】という大会《たいかい》に出《で》ている。

真《ま》っ黒《くろ》な壁《かべ》にかこまれた部屋《へや》。

30人分《にんぶん》の机《つくえ》とイス。

みんなぶつぶつ言《い》いながら、どうにか20桁《けた》の数字《すうじ》を頭《あたま》にたたきこもうとしている。

記憶《きおく》できずに間違《まちが》えてしまったら、そこで脱落《だつらく》。

これはそういう大会《たいかい》なんだ。

けっこう難《むずか》しいけど、これでも最初《さいしょ》の予選《よせん》なんだぜ。

めちゃくちゃ厳《きび》しい！

だけどやるしかない！

そもそもどうして、オレがこんな大会《たいかい》に出《で》ることになったのかって？

それは……賞金《しょうきん》100万円《まんえん》を手《て》に入《い》れて、どうしてもかなえたい「夢《ゆめ》」があるからなんだ。

一

開幕《かいまく》！ ナゾの大会《たいかい》

その日《ひ》の朝《あさ》、オレはバスに揺《ゆ》られていた。
行《い》き先《さき》も書《か》いてない、模様《もよう》もついてない、真《ま》っ黒《くろ》なバスだ。
見慣《みな》れた街《まち》を抜《ぬ》けて走《はし》りつづけ、郊外《こうがい》の山《やま》に入《はい》っていく。
まわりの座席《ざせき》をうめているのは、全員《ぜんいん》知《し》らない子《こ》たちだった。

☆

【イクスメビウス社《しゃ》主催《しゅさい》、最新大会《さいしんたいかい》のお知《し》らせ
あなたの潜在能力《せんざいのうりょく》をいかしてみませんか。
内容《ないよう》は当日《とうじつ》まで秘密《ひみつ》。

体力《たいりょく》は一切《いっさい》使《つか》わない、才能《さいのう》をいかせる真剣勝負《しんけんしょうぶ》です。

賞金《しょうきん》は100万円《まんえん》。

小学《しょうがく》4年生《ねんせい》から中学《ちゅうがく》2年生《ねんせい》まで、30人《にん》のモニタープレイヤーを募集《ぼしゅう》します】

始《はじ》まりは、家《いえ》にこんなはがきが来《き》たこと。

100万円《まんえん》あれば、オレの夢《ゆめ》がかなう。つまりサッカーのワールドカップがナマで観《み》られるんだ！　絶対《ぜったい》ほしいじゃん！

オレはサッカー好《す》きだから、すぐにそう思《おも》って応募《おうぼ》した。

それに、イクスメビウスは有名《ゆうめい》なゲームメーカーで、そこの大会《たいかい》なら楽《たの》しそうだと思《おも》ったし。

そしたら、2か月後《げつご》に、【当選《とうせん》のお知《し》らせ】が来《き》た。

【木下柊矢《きのしたしゅうや》さま
ご当選《とうせん》おめでとうございます。

あなたをモニタープレイヤーとしてイクスメビウス本社《ほんしゃ》に招待《しょうたい》します。

10月《がつ》5日《いつか》の午前《ごぜん》10時《じ》にこの招待状《しょうたいじょう》を持《も》って、××駅前《えきまえ》に集合《しゅうごう》してください】

☆

言《い》われたとおりに駅《えき》に行《い》ってみたら、待《ま》っていたのはこの真《ま》っ黒《くろ》なバス。

まわりには本当《ほんとう》に、小《しょう》4から中《ちゅう》2くらいの男子《だんし》と女子《じょし》がたくさんいて、みんなちょっと不安《ふあん》そうな顔《かお》をしている。

まあ、これから何《なに》をやるのかもわかんないわけだしな……。

でもこの中《なか》で1番《ばん》になれば100万円《まんえん》がもらえるんだ。オレはけっこうやる気《き》だぞ。

なんてことを思《おも》いながらバスに揺《ゆ》られ、

「よっし！」

思《おも》わず、声《こえ》まで出《だ》してちょっと気合《きあ》いを入《い》れてしまった。

その声《こえ》に振《ふ》りむいた、となりの女子《じょし》と目《め》が合《あ》う。

キャップを深《ふか》めにかぶった、ショートカットの……

「あれっ」

オレはびっくりする。そこにいたのはちょっとなつかしい顔《かお》だったから。

「明日音《あすね》？　明日音《あすね》じゃん！」

「柊矢《しゅうや》……」

髪《かみ》が短《みじか》くなってて、気《き》がつかなかった。

それは去年《きょねん》までのクラスメイト、大石明日音《おおいしあすね》。

というか、となり同士《どうし》の家《いえ》で育《そだ》ったオレの幼《おさな》なじみ。

小《しょう》５になったこの春《はる》、親《おや》の仕事《しごと》の都合《つごう》で二《ふた》つとなりの市《し》に引《ひ》っ越《こ》して、転校《てんこう》しちゃったんだけど……。

なんでこんなところにいるんだ？

「明日音《あすね》だよな？　ていうかおまえも参加者《さんかしゃ》？　いたんなら声《こえ》くらいかけろよ。ひさしぶりじゃん元気《げんき》？　髪切《かみき》ったんだ？」

「うるさいなぁ。なんで朝《あさ》からそんなに元気《げんき》なの」

そうそう。これだ。

明日音《あすね》はいつも、ちょっとけだるそうなしゃべり方《かた》をする。

説教《せっきょう》くさいところもあるけど悪《わる》いやつじゃない。

幼稚園《ようちえん》のころからピアノを習《なら》ってて、すごくうまいし、ついでにオレよりずっとテストの成績《せいせき》もいい。

たぶんこの後《あと》「もう。朝《あさ》から落《お》ち着《つ》きなさすぎ。今日《きょう》出《で》かけるってちゃんとおばさんに言《い》ってきた？」とかなんとか、おせっかいな感《かん》じで言《い》ってくるはずだ。

と思《おも》ったのに。

「……」

明日音《あすね》はプイっと、話《はなし》をやめて目《め》をそらし、気《き》まずそうに黙《だま》りこんでしまう。

あれ？　なんか様子《ようす》が変《へん》だ。

まるで、オレに会《あ》いたくなかったみたいじゃん。

「おまえ具合《ぐあい》でも悪《わる》いの？」

「別《べつ》に」

「？？？」

たった半年《はんとし》会《あ》ってないだけなのに、ずいぶんよそよそしくなったような気《き》がする。

……まあ、ひさしぶりだしこんなもんかな。

と思《おも》っていると、バスが停《と》まった。

【ようこそ。イクスメビウス本社《ほんしゃ》『メビウスタワー』へ。ビルにお入《はい》りください】

黒《くろ》いスーツの運転手《うんてんしゅ》さんの言葉《ことば》とともに、プシューとドアが開《ひら》く。

降《お》りるときにふと目《め》をやると、その胸《むな》もとに「津田《つだ》」と書《か》いてあった。

ぞろぞろと降《お》りていくと、目《め》の前《まえ》には真《ま》っ黒《くろ》なビルがそびえていた。

「これが、メビウスタワー……」

やたらとひろい駐車場《ちゅうしゃじょう》を歩《ある》きながら、明日音《あすね》がちょっと緊張《きんちょう》した顔《かお》でつぶやく。

「たっかいなぁ！　なんか近未来《きんみらい》！　って感《かん》じだよな」

「もうほんと、声大《こえおお》きい……柊矢《しゅうや》ぜんぜん変《か》わってないんだから」

「なんだよー。あ、そういえば明日音《あすね》、聞《き》いてくれよ、オレ、今年《ことし》からサッカーチームで副《ふく》キャプテンになってさ……」

「やめて」

「え？」

「そういう話《はなし》、あんまり聞《き》きたくない」

「え？　え？」

ぼそりと言《い》われたので面食《めんく》らってしまった。

たしかに明日音《あすね》は無愛想《ぶあいそう》だけど、こういう感《かん》じで人《ひと》の話《はなし》をさえぎったりは、しないやつだった。

なんかちょっと……変《か》わった？　どうしたんだろう。

「きみたち、もう少《すこ》し静《しず》かにできないのかい」

とその時《とき》、いらだったような声《こえ》がした。

まるでブスっと刺《さ》してくるような、ひえびえした声《こえ》。

振《ふ》りかえると、声《こえ》と同《おな》じ冷《つめ》たい目《め》をした、一人《ひとり》の男子《だんし》がいた。

声《こえ》が低《ひく》くて背《せ》も高《たか》いから、たぶん中学生《ちゅうがくせい》だと思《おも》う。

周囲《しゅうい》に、まるで取《と》りまきみたいに何人《なんにん》かを引《ひ》きつれていた。

LOVE

「なんだよ。友《とも》だちと話《はな》してるだけじゃん」

「……友《とも》だち、ね。よくわからない大会《たいかい》に出《で》るのに、のん気《き》なことだよ」

その言葉《ことば》にムッとして、オレは言《い》いかえす。

「自分《じぶん》だって、よくわからない大会《たいかい》にこうやって来《き》てるじゃないか」

「そうだよ。でも僕《ぼく》は勝《か》つために来《き》ているから。邪魔《じゃま》はしないでほしいかな」

「……勝《か》つため、って、これから何《なに》をするかもわからないのに？」

「そうだね。でもだいたいの察《さっ》しはついてる。僕《ぼく》が勝《か》つのを、きみは黙《だま》って見《み》ていればいい」

それだけ言《い》ってさっさと歩《ある》きだす。

「か、感《かん》じ悪《わる》……」

と、オレが思《おも》わずつぶやいたとき。

そいつのカバンから、ひらりと紙切《かみき》れが落《お》ちた。

大会《たいかい》の招待状《しょうたいじょう》。宛名《あてな》の部分《ぶぶん》に「藤和怜央《とうわれお》」と書《か》いてあった。

これがこいつの名前《なまえ》ってことか。

「おい、落《お》としたぞ」
オレは思《おも》わず声《こえ》をかける。
「ちっ」
舌打《したう》ちされた！
しかももぎとって、すたすた行《い》っちゃったよ。
あの招待状《しょうたいじょう》がないと大会《たいかい》に参加《さんか》できないのに。
それを拾《ひろ》ったオレにありがとうの一言《ひとこと》もない。
すごい性格《せいかく》だと思《おも》う。
ナゾの大会《たいかい》に参加《さんか》することになって、黒塗《くろぬ》りのバスに乗《の》って移動《いどう》して。
転校《てんこう》した幼《おさな》なじみと再会《さいかい》して、感《かん》じ悪《わる》いやつもいて。
なんか今日《きょう》、すでにいろいろありすぎだよ！

☆

そしてオレたちは、ビルの15階《かい》にある会場《かいじょう》にとおされた。

だだっぴろい、真《ま》っ黒《くろ》なホール。壁《かべ》ぎわに、一枚《まい》の四角《しかく》いモニター。

「ちょっとイヨーな雰囲気《ふんいき》だな……」

と思《おも》っていると、パッとモニターが光《ひか》る。

なんだか妙《みょう》にでこぼこした、棒人間《ぼうにんげん》みたいな特徴《とくちょう》のないキャラクターが映《うつ》しだされた。

ドット絵《え》って言《い》うんだろうか。たくさんの四角《しかく》をつないで作《つく》ってあるみたいだ。

【イクスメビウス社《しゃ》へようこそ。挑戦者《ちょうせんしゃ》のみなさん】

わ、しゃべった。

【私《わたし》は本日《ほんじつ》、みなさんのお相手《あいて》をさせていただきます進行役《しんこうやく》のゲームマスター。マスターとお呼《よ》びください】

マスター。どういう仕組《しく》みなのかわからないけど、このキャラが案内役《あんないやく》らしい。

【みなさんには今《いま》からここで、とある技能《ぎのう》を競《きそ》い、戦《たたか》っていただきます】

とある技能《ぎのう》。それっていったいなんなんだろうな？

オレの心《こころ》を読《よ》んだように、マスターは言《い》う。

【それは、記憶力《きおくりょく》です】

その一言《ひとこと》に、周囲《しゅうい》のみんなが、ざわっとした。


記憶力《きおくりょく》？


【マスター】の発言《はつげん》に、オレは思《おも》わず首《くび》をかしげた。

記憶力《きおくりょく》を競《きそ》う大会《たいかい》。……いまいちわからない。

「やっぱりね。だから僕《ぼく》たちが呼《よ》ばれたのか」

ただ怜央《れお》だけは、何《なに》かに納得《なっとく》したように小《ちい》さくうなずいていた。

「やっぱりってどういうこと？」

とオレはたずねた。

「僕《ぼく》はメモリースポーツのチャンピオンだ」

「メモリースポーツ？」

「記憶力《きおくりょく》を競《きそ》う公式競技《こうしききょうぎ》だよ。僕《ぼく》はそこのジュニア部門《ぶもん》の日本《にほん》チャンピオンだ」

【怜央《れお》くんの言《い》うとおりです。記憶《きおく》に関《かん》する有力選手《ゆうりょくせんしゅ》であるメモリーアスリートたちを、特別《とくべつ》に招待《しょうたい》しました】

「そういう競技《きょうぎ》があるんだ……知《し》らなかった」

明日音《あすね》が言《い》う。

「日本《にほん》ではまだ競技人口《きょうぎじんこう》も多《おお》くないけどね。ランダムに並《なら》んだトランプの数字《すうじ》や人《ひと》の名前《なまえ》、そういうものを短時間《たんじかん》で覚《おぼ》えて数《かず》と正確《せいかく》さを競《きそ》う。僕《ぼく》は小《しょう》6までのキッズの部《ぶ》でも、今年《ことし》から参戦《さんせん》したジュニアの部《ぶ》でも、一度《いちど》も負《ま》けたことがない。いわば不動《ふどう》のチャンピオンだ。それから、この大会《たいかい》の参加者《さんかしゃ》には表彰台《ひょうしょうだい》の常連《じょうれん》が何人《なんにん》かいる。こんな偶然《ぐうぜん》はありえないから、おそらく競技《きょうぎ》の内容《ないよう》はメモリースポーツだと思《おも》っていたよ」

怜央《れお》が面倒《めんどう》くさそうに説明《せつめい》し、取《と》りまきたちがうなずいた。

つまりこいつらは、メモリースポーツの有力選手《ゆうりょくせんしゅ》ってこと？

というか、どんな大会《たいかい》なのか予想《よそう》がついてたなら、教《おし》えてくれてもいいのに。

やっぱ、性格悪《せいかくわる》いやコイツ。チャンピオンっていうのはすごいけど。

なんていうか、天《てん》はニブツを与《あた》えないって、本当《ほんとう》なんだな……。

「……何《なに》か？」

「いや、別《べつ》に！」

にらまれた。顔《かお》に、思《おも》っていたことが出《で》ていたらしい。

【今《いま》から、こちらの用意《ようい》した記憶力《きおくりょく》ゲームに挑戦《ちょうせん》してもらいます。1種目《しゅもく》ごとに、記憶《きおく》できなかった人《ひと》の中《なか》から脱落者《だつらくしゃ》が出《で》ていき、決勝戦《けっしょうせん》は1対《たい》1の戦《たたか》い。みなさん、はりきって優勝《ゆうしょう》をめざしてください】

オレ、記憶力《きおくりょく》なんてぜんぜん自信《じしん》ない。

サッカーが大好《だいす》きだから、選手《せんしゅ》の名前《なまえ》とかポジションとか名試合《めいしあい》の得失点差《とくしってんさ》とか、そういうものならいくらでも頭《あたま》に入《はい》ってるけど。

漢字《かんじ》とか、都道府県《とどうふけん》の場所《ばしょ》とか、そういうのはぜんぜんダメ。

げっ。もしかしてやばいんじゃないの？　勝《か》てる気《き》がまったくしない。

【今回《こんかい》は正式《せいしき》なメモリースポーツ競技《きょうぎ》ではなく、あくまでもイクスメビウス社主催《しゃしゅさい》の大会《たいかい》です。公式記録《こうしききろく》にはなりません。みなさんのバトルの様子《ようす》はさまざまなデータとして、今《こん》後《ご》のゲーム開発《かいはつ》に利用《りよう》させていただきます】

うーん。データ収集《しゅうしゅう》。そういう目的《もくてき》なのか。

【今回《こんかい》の参加者《さんかしゃ》は、様々《さまざま》な条件《じょうけん》で選《えら》びました。どういう子《こ》がどんな時《とき》に力《ちから》を発揮《はっき》するのかを、モニタールームから見《み》せてもらいます】

で、いろんなデータがほしいから、怜央《れお》みたいなのもまぜてあるってことなのか。

経験者《けいけんしゃ》なんて、ちょっとずるい気《き》もするけど。

「公式大会《こうしきたいかい》ではないけど、僕《ぼく》は負《ま》ける気《き》はないよ。僕《ぼく》がいつもやってるように、完璧《かんぺき》に勝《か》たせてもらう。素人《しろうと》に勝《か》ち目《め》はないから、未経験者《みけいけんしゃ》は棄権《きけん》したらどうかな」

いや、いくら強《つよ》いといっても、こいつには勝《か》ちたいなぁ。

だってめちゃくちゃ性格悪《せいかくわる》いし！　すぐ人《ひと》をバカにするし！

……あと、勝《か》ったら100万円《まんえん》もらえるし。

「棄権《きけん》なんてするわけねーじゃん！　そんな言《い》い方《かた》されたら余計《よけい》やる気《き》になるよ」

「やれやれ。単純《たんじゅん》だな」

怜央《れお》が首《くび》を振《ふ》ったとき、マスターが言《い》う。

【よろしいですね？　それではイクスメビウス社主催《しゃしゅさい》『メモリー・バトルロイヤル』ここ

に開幕《かいまく》します。みなさんの無限《むげん》の記憶力《きおくりょく》、秘《ひ》めた能力《のうりょく》に期待《きたい》しています】

ごくり。その一言《ひとこと》に、誰《だれ》かがのどを鳴《な》らした。

オレもちょっとドキドキするけど。

でも早起《はやお》きしてここまで来《き》たんだし、とりあえずは全力《ぜんりょく》でやる！

だけどその前《まえ》に。すごく重要《じゅうよう》なことがある。

「待《ま》ってください……！　オレ、トイレ！」

―インターバル―

午前《ごご》11時《じ》　予定《よてい》どおりにメモリー・バトルロイヤルを開始《かいし》できる見《み》こみである。
モニタープレイヤー30人《にん》の全員《ぜんいん》が参加《さんか》を表明《ひょうめい》。
性格《せいかく》の明《あか》るい者《もの》、慎重《しんちょう》な者《もの》、運動《うんどう》が得意《とくい》な者《もの》、勉強《べんきょう》が得意《とくい》な者《もの》。
そしてメモリースポーツのチャンピオン。
あらゆるタイプの子《こ》どもたちを30人《にん》取《と》りそろえた。
これよりデータの記録《きろく》と分析《ぶんせき》にうつる。
この大会《たいかい》は、わが社《しゃ》が社運《しゃうん》をかけて行《おこな》う【X計画《エックスけいかく》】にとって大切《たいせつ》なものだ。
失敗《しっぱい》は許《ゆる》されない。各自《かくじ》、しっかりと進行《しんこう》と記録《きろく》をするように。

2 再《さい》会《かい》！ あいつはハリネズミ

壁《かべ》の一部《いちぶ》をタッチすると「ヴンッ」と音《おと》がして、そこにドアが現《あらわ》れた。

トイレとか通路《つうろ》とか、全部《ぜんぶ》黒《くろ》い壁《かべ》の中《なか》にかくしてあるんだな。

おしゃれでカッコいいけど、何《なに》かあったときの逃《に》げ道《みち》もわかりにくい。

そう考《かんが》えるとちょっと怖《こわ》いな……と思《おも》いつつ、用《よう》をたして洗面所《せんめんじょ》の前《まえ》で鏡《かがみ》を見《み》る。

よし、大丈夫《だいじょうぶ》だ。

サッカーの試合《しあい》の前《まえ》と同《おな》じ顔《かお》。

「きっと大丈夫《だいじょうぶ》……だよな、うん。やれるよ」

「それはどうかな？」

ん？　なんか声《こえ》がした。

でも誰《だれ》もいない。

「ここだっ！」

さっきまでオレが手《て》を洗《あら》っていた洗面台《せんめんだい》の蛇口《じゃぐち》の上《うえ》。

そこに、ハリネズミがいた。

トイレにいるのはあきらかにおかしいんだけど、でもたしかにハリネズミだ。

まるいフォルム、キラキラしたまん丸《まる》の目《め》。

あれ……、こいつもしかして。

「ハリ太郎《たろう》？」

そのハリネズミは、オレの知《し》り合《あ》いだった。

いや知《し》り合《あ》いというか、前《まえ》に飼《か》ってたというか。

いや飼《か》ってたわけでもなく、ちょっとのあいだ面倒見《めんどうみ》てたっていうか。

「柊矢《しゅうや》……覚《おぼ》えててくれたか」

「！！」

しゃ、しゃ、しゃ、しゃべった……!?!?

それも顔《かお》に似合《にあ》わず、やたらとしぶい声《こえ》で！

「会《あ》いたかったぞ！」

きらきらと目《め》を輝《かがや》かせて、そいつは胸《むね》に飛《と》びこんでくる。ハリが刺《さ》さりそうだったので思《おも》わずよけるとポテンと落《お》っこちた。

☆

そのハリネズミ、ハリ太郎《たろう》がうちに来《き》たのは、半年前《はんとしまえ》の春《はる》だった。

小《しょう》４の終《お》わりの春休《はるやす》み。つまり明日音《あすね》が引《ひ》っ越《こ》したすぐ後《あと》だ。

サッカーの試合《しあい》の帰《かえ》り、駅《えき》のロータリーにポテンと落《お》ちていた。

まるで電車《でんしゃ》に乗《の》ろうとして行《い》きだおれたみたいに、すっかりのびていた。

交番《こうばん》に届《とど》けようかと思《おも》ったけど、すごく弱《よわ》っていたから、かわいそうで思《おも》わず拾《ひろ》って帰《かえ》ってしまったんだ。

動物病院《どうぶつびょういん》につれていこうとしたらものすごく暴《あば》れたので、仕方《しかた》なく家《いえ》でしばらく様子《ようす》を見《み》ていた。

本《ほん》で飼《か》い方《かた》を調《しら》べて、寝床《ねどこ》を作《つく》って、餌《えさ》もあげて。そしたらみるみる元気《げんき》になった。布団《ふとん》にもぐりこんできた時《とき》は、つぶさないように気《き》をつけて一緒《いっしょ》に寝《ね》た。

オレにすごくなついていたのに、ある日《ひ》ハリネズミは、逃《に》げていなくなってしまったんだ。

うっかり開《あ》けっぱなしにしていた窓辺《まどべ》で、カーテンだけが揺《ゆ》れていた。

そう、あれはちょっとさみしくてほろ苦《にが》い、出会《であ》いと別《わか》れの記憶《きおく》……

☆

の、はずだったのに。

トイレで手《て》を洗《あら》ってたら、そいつと再会《さいかい》してしまった。

「しゃべってる……前《まえ》はそんなことなかったのに……」

「以前《いぜん》は事情《じじょう》があって、黙《だま》っていたんだ」

「うそだろ!?　オレ、夢《ゆめ》でも見《み》てんのかな」

「夢《ゆめ》じゃない。俺《おれ》はしゃべれるハリネズミなんだ」

「そんなハリネズミはこの世《よ》にいねーって！！！」

……でも、しゃべってるんだよなぁ。実際《じっさい》に。しぶい声《こえ》で。

「というか、トイレで何《なに》してるんだ？　ここゲームメーカーだぞ」

「おまえを待《ま》っていたんだ」

「はい？」

「何《なに》も聞《き》かなくていい。俺《おれ》はおまえを勝《か》たせる」

「？？？」

「くわしい事情《じじょう》は言《い》えないが、俺《おれ》はこのイクスメビウス社《しゃ》のことを調《しら》べている。そして記《き》憶術《おくじゅつ》にくわしい。だから柊矢《しゅうや》、おまえを勝《か》たせることができる」

「お、おう？」

しぶい声《こえ》に大人《おとな》っぽい口調《くちょう》で、よくわからないことを言《い》われた。

でも目《め》はつぶらでキラキラしている。こう……いろいろとミスマッチだ。

うちのペットだったハリ太郎《たろう》が実《じつ》はしゃべるハリネズミで、イクスメビウス社《しゃ》のことを調《しら》べていて、ついでに記憶術《きおくじゅつ》にもくわしいって？

いったいぜんたい、なんだそりゃ！

「俺《おれ》にドーンとまかせておいてくれ。大丈夫《だいじょうぶ》だ」

ハリ太郎《たろう》は短《みじか》い手《て》で、胸《むね》のあたりのふわふわした毛《け》をドンとたたいた。

しゃべるのにびっくりしすぎて見《み》すごしてたけど、こいつ、二本足《にほんあし》で立《た》ってる。

「柊矢《しゅうや》がこのゲームに参加《さんか》することを知《し》って、どうにかコンタクトを取《と》ろうとトイレにひそんでいたんだ。というわけで、ともに勝《か》つぞ！」

一息《ひといき》にしゃべると、オレのパーカのポケットに「もぞっ」ともぐりこんだ。

「おい勝手《かって》に決《き》めんなって！　どういうことだよ！　出《で》てこい！」

「ことわる！」

引《ひ》っぱり出《だ》そうとすると、ハリ太郎《たろう》はぴんとハリを立《た》てた。痛《いた》いからそれ以上《いじょう》つかめない。

こ、こいつ……オレにくっついてくる気《き》か？

結局《けっきょく》、ポケットにハリ太郎《たろう》をつっこんだままホールに戻《もど》った。

「柊矢《しゅうや》、……遅《おそ》い。あんまり心配《しんぱい》させないで」

「まさか妙《みょう》な不正《ふせい》でもしこんでないだろうね。そんなことをしてもムダだよ」

明日音《あすね》と怜央《れお》がため息《いき》をついてオレに視線《しせん》をむけた。

「むぅ、ポケットの中《なか》は、やはりせまいな」

ハリ太郎《たろう》がもぞりと顔《かお》を出《だ》した。

「あっ！　こら、出《で》てくるなよ」

「俺《おれ》はここにいることにする。柊矢《しゅうや》の頭《あたま》の上《うえ》だ。こまったことがあったら助《たす》けるから、なんでも聞《き》いてくれ」

頭《あたま》にちょんと乗《の》ってしまった。

人《ひと》の言葉《ことば》をしゃべるハリネズミなんて、バレたらとんでもないことになるぞ！

と思《おも》ったけど、まわりは特《とく》に気《き》にした様子《ようす》もなかった。

「あれ？　柊矢《しゅうや》。何《なに》この子《こ》。かわいい……てかペットつれてきちゃったの？　最近飼《さいきんか》いはじめた子《こ》？」

「……あ、あーうん」

ん？

「名《な》をハリ太郎《たろう》という。よろしくたのむ」

「ハリネズミだね。なんて名前《なまえ》？」

んん？　会話《かいわ》がすれ違《ちが》ってる。

まさか、ハリ太郎《たろう》の声《こえ》、オレ以外《いがい》に聞《き》こえてないのか？

「え、えっと、こいつはハリ太郎《たろう》っていうんだ」

「何《なに》その単純《たんじゅん》な名前《なまえ》……でもほんとにかわいい……」

ボソっとつぶやいてあきれつつも、ハリ太郎《たろう》のおなかの部分《ぶぶん》をなでている。

あ、明日音《あすね》、やっと笑《わら》った。

「く、くはっ！　くすぐったいぞ！」

ハリ太郎《たろう》は身《み》もだえしていて、明日音《あすね》はただただ、そのおなかをもんでいる。

……いったいどういうことなんだ？　さっぱりわからない。

【全員《ぜんいん》そろったところで、最初《さいしょ》の種目《しゅもく》に挑戦《ちょうせん》していただきます】

オレが混乱《こんらん》しているあいだにも、メモリー・バトルロイヤルは本格的《ほんかくてき》に始《はじ》まろうとしていた。

【まずは予選《よせん》です。みなさんの記憶力《きおくりょく》を試《ため》させていただき、人数《にんずう》をある程度《ていど》しぼります】

その言葉《ことば》にまわりが少《すこ》しざわついた。

もう脱落者《だつらくしゃ》が出《で》るのか……っていう戸惑《とまど》いだ。

よっし。オレは通過《つうか》してやるぞ！　あんま自信《じしん》ないけど！

【まずはみなさん、席《せき》についてください】

ヴンっ

例《れい》の音《おと》とともに、ただ真《ま》っ黒《くろ》だったホールに、床《ゆか》から生《は》えるみたいに、いくつもの机《つくえ》とイスが現《あらわ》れた。

30人《にん》いるから、ちょうど教室《きょうしつ》みたいな様子《ようす》になる。

好《す》きな席《せき》に座《すわ》っていいのかな？

オレたちはぱらぱらと、近《ちか》くの席《せき》についた。オレは明日音《あすね》のとなり。

怜央《れお》はオレのななめ前《まえ》。

机《つくえ》の上《うえ》はタッチペンで字《じ》が書《か》ける黒《くろ》いパネルになっていた。
そこに、白《しろ》っぽくて細《こま》かい文字《もじ》が現《あらわ》れる。
【ルール確認《かくにん》と、同意《どうい》をしていただきます】
【メモリー・バトルロイヤルのルール、約束《やくそく》。
・スマートフォンやタブレットはあずけること
・まわりの参加者《さんかしゃ》と相談《そうだん》をしてもいいが、答《こた》えをそのまま口《くち》にするのは禁止《きんし》
・カンニングは即失格《そくしっかく》】
そんないくつかのルールの後《あと》に、
【私《わたし》はこのゲームに参加《さんか》します　YES《イエス》　NO《ノー》】
という項目《こうもく》があった。
よし。
オレはすっと、イエスをタッチする。ピッと短《みじか》い電子音《でんしおん》がした。

―インターバル―

ついにメモリー・バトルロイヤルが始《はじ》まった。

メビウスタワーに潜入《せんにゅう》し、トイレにかくれつづけて、どうにか柊矢《しゅうや》と出会《であ》うことに成功《せいこう》。

柊矢《しゅうや》を勝《か》たせることは、俺《おれ》の目的《もくてき》にとっても重要《じゅうよう》だ。

上《うえ》に勝《か》ちすすみ、このイクスメビウス社《しゃ》についてのあらゆる情報《じょうほう》を集《あつ》める。

すべては【あの計画《けいかく》】を阻止《そし》するため……そして、俺《おれ》が自分《じぶん》を取《と》りもどすためだ。

柊矢《しゅうや》よ！　俺《おれ》がいれば百人力《ひゃくにんりき》だぞ。

だからおまえも頑張《がんば》れ！

3 数字《すうじ》！ こんなの覚《おぼ》えられない

【では予選《よせん》を始《はじ》めます】

マスターが、感情《かんじょう》のこもっていない声《こえ》でそう言《い》った。

うー、やっぱりちょっと緊張《きんちょう》するな。

いったい何《なに》を覚《おぼ》えさせられるんだろう。

【最初《さいしょ》は、ごくシンプルな『数字《すうじ》の暗記《あんき》』のゲームを用意《ようい》しました。このモニターに20桁《けた》の数字《すうじ》が出《で》てきます。それを2分《ふん》で覚《おぼ》えてください】

「ええええっ」

オレは思《おも》わず、立《た》ちあがってしまう。

2分《ふん》で20個《こ》の数字《すうじ》を暗記《あんき》する。

言《い》うだけなら簡単《かんたん》だけど、それって……絶対難《ぜったいむずか》しい！

【合格《ごうかく》ラインは15個《こ》です。正答《せいとう》が14以下《いか》だと、ここで失格《しっかく》となります】

「しかも15とか！」

20よりは簡単《かんたん》だけど、それでもけっこう多《おお》い！

「いちいちうるさいね、きみは」

振《ふ》りかえった怜央《れお》が深《ふか》いため息《いき》をついた。いやだって、ムリじゃん、いきなりこんなの……

オレが不安《ふあん》になっていると。

「柊矢《しゅうや》……案《あん》ずることはない。俺《おれ》の助言《じょげん》を聞《き》け」

しぶい声《こえ》で、ハリ太郎《たろう》が言《い》った。

「おまえにこの種目《しゅもく》をクリアするための知恵《ちえ》を授《さず》ける。ちょっとした工夫《くふう》や発想《はっそう》の転換《てんかん》で、記《き》憶《おく》ができる量《りょう》というのは10倍《ばい》にも100倍《ばい》にもなるんだ」

頭《あたま》に乗《の》っかったまま、短《みじか》い前足《まえあし》でぺちぺちとオレのひたいをたたく。

「まずは簡単《かんたん》なものからいこう。**語呂合《ごろあ》わせ**だ」

「語呂合《ごろあ》わせ？　別《べつ》の言葉《ことば》で読《よ》むみたいなやつ？」

「そうだ。〝焼《や》き肉《にく》〟を〝829〟にするというような、アレだな」

ちなみに8月《がつ》29日《にち》は焼《や》き肉協会《にくきょうかい》が決《き》めた『焼《や》き肉《にく》の日《ひ》』なんだって。

オレんちは毎年《まいとし》、その日《ひ》はちょっといい肉《にく》を食《た》べに行《い》くんだ。

「数字《すうじ》は無機質《むきしつ》で頭《あたま》に入《はい》りにくいから、別《べつ》のものに置《お》きかえるといい。何《なに》か柊矢《しゅうや》の好《す》きなものに置《お》きかえると覚《おぼ》えやすいだろう。四《よっ》つくらいずつ五《いつ》つのブロックに区切《くぎ》るのがコツだ。記憶術《きおくじゅつ》には、こうしたコツがいくつも存在《そんざい》する」

たしかに〝829041〟よりは〝焼《や》き肉《にく》おいしい！〟のほうが覚《おぼ》えやすいよな。

「ハリ太郎《たろう》、ほんとに記憶術《きおくじゅつ》にくわしいんだな……ハリネズミなのに」

「俺《おれ》には……いろいろと事情《じじょう》があるんだ……」

つくづく、ナゾの多《おお》いやつだなぁ。

まあとりあえず、ハリ太郎《たろう》の声《こえ》はオレ以外《いがい》に聞《き》こえてないみたいだから、もう深《ふか》く考《かんが》えないで頭《あたま》に乗《の》せておくことにした。

数字《すうじ》を20個覚《こおぼ》えないといけないし、よし、ここからは集中《しゅうちゅう》、集中《しゅうちゅう》。

【よろしいですね？　では、始《はじ》めます。みなさんの無限《むげん》の記憶力《きおくりょく》、秘《ひ》めた能力《のうりょく》に期待《きたい》して

います】

中央《ちゅうおう》の大《おお》きなモニターでカウントダウンが始《はじ》まった。

【3、2、1……】

ゼロになると同時《どうじ》に、パッと数字《すうじ》が出《で》てくる。

※キミも挑戦《ちょうせん》してみよう！　次《つぎ》のページに20桁《けた》の数字《すうじ》が出《で》てくるよ。2分《ふん》で覚《おぼ》えてね。解答欄《かいとうらん》は47ページにあるよ。

予《よ》選《せん》

1	4
4	6
6	1
9	0
4	7
5	7
0	3
1	8
7	0
5	0

うう、数字《すうじ》がずらっと並《なら》んでるのって、それだけでけっこう、プレッシャー。

実際《じっさい》に目《め》の前《まえ》に出《だ》されてみると、とてつもなく難《むずか》しく感《かん》じる。

すでに頭《あたま》がこんがらがりかけていた。

「ずいぶん簡単《かんたん》だな」

「そうだね。20秒《びょう》もあれば十分《じゅうぶん》だ」

怜央《れお》の取《と》りまきのメモリーアスリートたちは余裕《よゆう》たっぷりにそんな雑談《ざつだん》までしている。

怜央《れお》にいたっては、ほんの数秒《すうびょう》見《み》て、あっさりと目《め》をそらしてしまった。

慣《な》れたやつにとっては朝《あさ》メシ前《まえ》なのかな。

「やば……。どうにかしてオレも覚《おぼ》えないと……語呂合《ごろあ》わせかぁ」

オレは考《かんが》えた。４６１０は白岩《しろいわ》、７７３８は七宮《ななみや》、ってのはどうだろう。

これはどっちも、大好《だいす》きなサッカー選手《せんしゅ》の名前《なまえ》。

あとの12桁《けた》は……うまく語呂《ごろ》が合《あ》わない。うーん。

「どうしよ……数字苦手《すうじにがて》だしこんなの絶対無理《ぜったいむり》」

となりの明日音《あすね》が、弱気《よわき》な声《こえ》でこぼした。

あっ、そういえば。

ナナミヤ、の次《つぎ》の「0014」は明日音《あすね》の苗字《みょうじ》「大石《おおいし》」の語呂合《ごろあ》わせになってる。

「明日音《あすね》。語呂合《ごろあ》わせで覚《おぼ》えるといいよ。真《ま》ん中《なか》への4桁《けた》見《み》てみな、オオイシ、じゃん」

オレはこそっと助言《じょげん》した。

直接答《ちょくせつこた》えを言《い》ってるわけじゃないし、このくらいは大丈夫《だいじょうぶ》だよな？

「……あっ、ほんとだ。うん。何《なに》かと合《あ》わせてみる」

明日音《あすね》はぐっと、食《く》い入《い》るようにモニターを見《み》る。

オレもちゃんと暗記《あんき》しなくちゃ……と思《おも》ったけど、最後《さいご》の8桁《けた》がどうも難《むずか》しい。

69450175
語呂《ごろ》も合《あ》わないし、6とか9とか似《に》たような数字《すうじ》が多《おお》いんだよな……

「柊矢《しゅうや》、**数字《すうじ》の形《かたち》に注目《ちゅうもく》**するといい」

「形《かたち》？」

「そうだ。パッと見《み》て目《め》に入《はい》る、だいたいの形《かたち》。これをものに置《お》きかえるんだ。8ならメガネ、2ならあひる。なんでもいいぞ。なじみのあるものだと頭《あたま》に入《はい》りやすいんだ」

別《べつ》のものに？　なるほど。ちょっとやってみよう。

形《かたち》から、形《かたち》から……とつぶやきながらイメージしてみた。

たしかに絵《え》みたいにするとわかりやすいかも……ふくらんだ部分《ぶぶん》はボールに見立《みた》てて。

6は地面《じめん》におかれたサッカーボール。

9はそれを取《と》りあげて、頭《あたま》の上《うえ》からスローインで投《な》げてる人《ひと》。

で、4はそれを胸《むね》でキャッチした人《ひと》。さらに5は足《あし》もとからシュートするイメージ。

0は飛《と》んでいくボール。1はキーパーだ。

ボールは無事《ぶじ》にゴールする。

7はネットをつきぬけるようにぶつかったボール。最後《さいご》は……地面《じめん》にポトンと落《お》ちたボール？

おっ、なんかうまく形《かたち》に置《お》きかわったぞ！

そんなふうに、頭《あたま》に入《い》れていく。

じりじりした無言《むごん》の時間《じかん》が流《なが》れていった。

そして、ぴったり2分後《ふんご》。
【そこまで。解答《かいとう》にうつります。覚《おぼ》えた数字《すうじ》を書《か》きこんでください】
マスターの声《こえ》とともに、20桁《けた》の数字《すうじ》は画面《がめん》から消《き》えた。
かわりに、机《つくえ》にブンと解答用紙《かいとうようし》のような欄《らん》が現《あらわ》れる。

※キミも答《こた》えてみよう！　次《つぎ》のページに解答欄《かいとうらん》があるよ。

予選《よせん》
解答欄《かいとうらん》

当然《とうぜん》、四角《しかく》いマスが20個《こ》ある。

頭《あたま》にたたきこんだ数字《すうじ》をどうにか一《ひと》つずつ、タッチペンで書《か》きこんでいく。

数字《すうじ》一《ひと》つでも書《か》き忘《わす》れるとその後《あと》の全部《ぜんぶ》がずれちゃうから、気《き》をつけないと。

「えっと……シロイワ、ナナミヤ、その次《つぎ》が……」

覚《おぼ》えきったつもりでいたけど、頭《あたま》の中《なか》がふわふわしてて自信《じしん》がない。

あーもう！　数字《すうじ》を確実《かくじつ》に記憶《きおく》するのって難《むずか》しいな！

「柊矢《しゅうや》！　頑張《がんば》って思《おも》いだせ！　この程度《ていど》できなくて俺《おれ》の弟子《でし》が名乗《なの》れるか！」

「おまえけっこうスパルタだな、いつオレがハリ太郎《たろう》の弟子《でし》になったんだよ！」

頭《あたま》をぺちぺちたたいてくるハリ太郎《たろう》に、小声《こごえ》で言《い》いかえす。

みんながあらかた書《か》き終《お》わったころ。また【解答《かいとう》そこまで】と声《こえ》がした。

机《つくえ》の解答欄《かいとうらん》がぷつっと消《き》える。

「終《お》わったぁ」

「ぜんぜんダメだった……絶対《ぜったい》ほとんど間違《まちが》ってる……」

部屋《へや》のすみのほうから、そんなふうになげく声《こえ》が聞《き》こえる。

【では結果《けっか》を発表《はっぴょう》します。机《つくえ》のデジタルパネルをご覧《らん》ください。5秒後《びょうご》に表示《ひょうじ》されます】
もう発表《はっぴょう》？　待《ま》ってオレ心《こころ》の準備《じゅんび》が！

【5、4、3……】

ゆっくりとカウントが進《すす》む。
どうにか15個《こ》、あたってくれ！
祈《いの》りながら、うす目《め》でおそるおそる、机《つくえ》を見《み》た。
オレが書《か》いたのは、

4610773800
1469450176

【2、1……】

お願《ねが》い！

ピコッ

4610773800

〇〇〇〇〇〇〇〇〇〇

1469450176

〇〇〇〇〇〇〇〇〇×

「……へ？」

表示《ひょうじ》された文字《もじ》の列《れつ》に、思《おも》わず間《ま》の抜《ぬ》けた声《こえ》を出《だ》してしまった。

すごい。

自分《じぶん》でも信《しん》じられないけど、ほとんど合《あ》ってる。

最後《さいご》の5は6って書《か》いてミスっちゃったけど……

これは、ボールが地面《じめん》を落《お》ちて転《ころ》がるイメージが同《おな》じだから間違《まちが》えたんだな。

でも、こんなずらずら並《なら》んだ数字《すうじ》を、ほとんど覚《おぼ》えられてしまった。

パネルに【CLEAR《クリア》】というサインが出《で》る。

「よっしゃ！」

ぶわっと実感《じっかん》がわいて、オレは大《おお》きくガッツポーズだ。やったぞ！

「これはすごいぞ柊矢《しゅうや》！　すばらしい成績《せいせき》だ、さすがは俺《おれ》の見《み》こんだ男《おとこ》っ」

ハリ太郎《たろう》が頭《あたま》の上《うえ》でじたばた喜《よろこ》んでいる。

「ふー……」

となりの明日音《あすね》が深《ふか》く長《なが》く息《いき》をついた。

明日音《あすね》の机《つくえ》にもCLEAR《クリア》の文字《もじ》がある。

「よかった。昔好《むかしす》きだった曲《きょく》とかでどうにか語呂合《ごろあ》わせしてみたらギリギリでできた。ありがと、柊矢《しゅうや》」

「ううん！　よかったな！」

ボソっとお礼《れい》を言《い》われて、オレはそう答《こた》えた。

「あー……だめだった……」

まわりで何人《なんにん》かがっくり肩《かた》を落《お》とした。

【結果《けっか》はどうでしたか？　合《あ》わせて成績上位者《せいせきじょういしゃ》も発表《はっぴょう》します】

マスターが言《い》うと、モニターにピッとランキングが出《で》てきた。

1　藤和怜央《とうわれお》　20点《てん》
2　倉田葉月《くらたはづき》　20点《てん》
3　木下柊矢《きのしたしゅうや》　19点《てん》

「おわっ！　おおお……すごいぜ……いきなり3位《い》に入《はい》っちゃった」

大健闘《だいけんとう》だ！　上位《じょうい》だ！　思《おも》わず変《へん》な声《こえ》が出《で》てしまった。

「ふん。このくらいは朝《あさ》メシ前《まえ》だ」

そして、やっぱり怜央《れお》はパーフェクトだった。

悔《くや》しいけど、チャンピオンにはかなわない。

同《おな》じくパーフェクトを取《と》ったらしい女子《じょし》も「ね、簡単《かんたん》だったよね」とパサリと髪《かみ》をはらう。

怜央《れお》と親《した》しげに話《はな》してるところを見《み》ると、この子《こ》もメモリースポーツの選手《せんしゅ》なんだろうか？

でも、オレだって、一《ひと》つしか間違《まちが》えなかった！

これはハリ太郎《たろう》のアドバイスを聞《き》いて頑張《がんば》れば、いいとこまでイケちゃうんじゃないか？

「すごいぞ柊矢《しゅうや》、たいしたものだ」

「へへへ。ハリ太郎《たろう》のおかげだよ」

「てれるっ！　そんなストレートに事実《じじつ》を言《い》われると猛烈《もうれつ》にてれるぞ」

「おまえってケンソンしないよな……」

オレたちがこっそりと会話《かいわ》していると、怜央《れお》が振《ふ》りかえる。

「きみが3位《い》？　初心者《しょしんしゃ》のはずなのに、いったいどういうことだ。本当《ほんとう》は何《なに》か不正《ふせい》をしたんじゃないだろうね」

「し、してねー。気合《きあ》いで覚《おぼ》えただけだよ」

不正《ふせい》はしてないけどハリ太郎《たろう》の助言《じょげん》があったのはたしかなので、ちょっと歯切《はぎ》れの悪《わる》い返事《へんじ》になった。

でも、頑張《がんば》って頭《あたま》にたたきこんだのはオレだし……

次《つぎ》のゲームだって、この調子《ちょうし》でどんどん覚《おぼ》える気満々《きまんまん》だぞ。

「へえ。じゃあまあ、せいぜい頑張《がんば》ってもらおうかな。どこまでやれるかお手並《てな》み拝見《はいけん》だ。僕《ぼく》は何《なに》があっても、絶対《ぜったい》にパーフェクト以外《いがい》は取《と》らないよ」

「なんなんだよ、一切《いっさい》ブレないその自信《じしん》は……」

「これは『自信《じしん》』じゃなくてただの『事実《じじつ》』だ。僕《ぼく》の才能《さいのう》をもってすれば簡単《かんたん》だよ。僕《ぼく》にはこのカメラアイがある。理論上《りろんじょう》、負《ま》けることはありえない。言《い》っただろう。完璧《かんぺき》に勝《か》たせてもらう、って」

「カメ……亀《かめ》？　何《なに》？」

「カメラアイだよ。一度見《いちどみ》たものを、印刷《いんさつ》で写《うつ》しとったように完全《かんぜん》に記憶《きおく》できる」

え？　何《なに》それ？　そんな能力《のうりょく》アリなの？

「反則《はんそく》じゃんそんなの！」

「失礼《しつれい》だな。反則《はんそく》ではないね。なぜならルールに明記《めいき》されていないから。こういうのは才《さい》能《のう》って言《い》うんだよ」

い、いや……どっちかっていうと反則《はんそく》じゃね？

そんなスキルがあったら、完全《かんぜん》に無双《むそう》できちゃうじゃん！

こいつがいたら絶対《ぜったい》に勝《か》てないし、優勝《ゆうしょう》なんて無理《むり》じゃないか。

せっかくオレにも戦《たたか》えるかもと、思《おも》いはじめたところだったのに。

「言《い》っただろ。僕《ぼく》は天才《てんさい》なんだ。さっさと棄権《きけん》したほうがいいんじゃないかな。凡人《ぼんじん》の努《ど》力《りょく》は時間《じかん》の無駄《むだ》だよ。人《ひと》は好《す》きなことではなく、得意《とくい》なことをするべきなんだ」

「なんだよそれ……」

その言《い》い方《かた》には、本当《ほんとう》にカチンときた。

努力《どりょく》が時間《じかん》の無駄《むだ》？　そんなこと絶対《ぜったい》ないよな？

【脱落者《だつらくしゃ》と通過者《つうかしゃ》を発表《はっぴょう》します】

言《い》いかえそうとしたとき、マスターがそう言《い》った。

モニター上《じょう》にパッと、オレたちの名前《なまえ》が出《で》る。

【通過《つうか》】と【脱落《だつらく》】にぴったり半々《はんはん》くらい、振《ふ》りわけられていた。

もうこんなに、いなくなっちゃったのか……。

「ずいぶんへったな。これならみんな、最初《さいしょ》に棄権《きけん》しておいても変《か》わらなかったね」

なんの感情《かんじょう》もなさそうに怜央《れお》が言《い》う。

やっぱ性格悪《せいかくわる》すぎだろ。こいつには絶対《ぜったい》、負《ま》けたくない！

フンと憎《にく》たらしい息《いき》をついて歩《ある》いていく怜央《れお》の背《せ》に、オレはガルガルと怒《いか》りモードだ。

「おい明日音《あすね》！　あいつには勝《か》つぞ！　絶対《ぜったい》にだ！」

「あーあ、また出《で》た、その熱血《ねっけつ》……ほんと変《か》わってないね」

明日音《あすね》はやれやれとばかりに首《くび》を振《ふ》る。

「だってあいつ、腹《はら》たつだろ。人《ひと》が頑張《がんば》ってやったことバカにしてさ！　好《す》きなことやって何《なに》が悪《わる》いんだよ。そう思《おも》わねえ？」

「……柊矢《しゅうや》はいいね」

「え？」

「いつも一生懸命《いっしょうけんめい》でさ。できるとかできないとか考《かんが》えないで、一直線《いっちょくせん》な感《かん》じ」

「？？？　お、おう？」

なぜだろう。明日音《あすね》はちょっと悲《かな》しそうだった。

転校《てんこう》する前《まえ》には、こんな顔《かお》してるの見《み》たことなかったと思《おも》う。

そういえば明日音《あすね》、引《ひ》っ越《こ》す時《とき》には「引《ひ》っ越《こ》しても連絡《れんらく》するから、私《わたし》がいなくなっても
しっかりしてよ」って言《い》ってたのに、ほとんど連絡《れんらく》もないいんだよな。

元気《げんき》だろうと思《おも》ってたからあんまり気《き》にしなかったけど……

新《あたら》しい学校《がっこう》で何《なに》かあったんだろうか？

なんて、考《かんが》えすぎかな。よくわかんねー。

オレはちょっと首《くび》をひねる。けどそれ以上《いじょう》は何《なに》も言《い》わなかった。

メモリー・バトルロイヤル、予選《よせん》が終《お》わってここからが本番《ほんばん》。

次《つぎ》は何《なに》を記憶《きおく》させせられるんだろうな？

―インターバル―

メモリー・バトルロイヤルの予選《よせん》がとどこおりなく終了《しゅうりょう》。

およそ半数《はんすう》が脱落《だつらく》、やはりメモリースポーツ経験者《けいけんしゃ》が有利《ゆうり》な模様《もよう》。

キッズ部門《ぶもん》とジュニア部門《ぶもん》のチャンピオンが、それぞれパーフェクトを獲得《かくとく》した。

また、実験体《じっけんたい》のハリネズミが参加者《さんかしゃ》である木下柊矢《きのしたしゅうや》と接触《せっしょく》していることを確認《かくにん》した。

ハリネズミがここに来《き》た目的《もくてき》はおそらく、例《れい》の計画《けいかく》に関《かん》する偵察《ていさつ》だろう。

どうも未経験者《みけいけんしゃ》である木下柊矢《きのしたしゅうや》の指南役《しなんやく》として、大会《たいかい》を引《ひ》っかきまわすつもりのようだ。

未経験者《みけいけんしゃ》に助言《じょげん》がつくことでどれだけやれるかというのは興味深《きょうみぶか》い。

ルール違反《いはん》にならないかぎりは静観《せいかん》する。

4 教室《きょうしつ》！ 第《だい》1の種目《しゅもく》

16人《にん》。
それが、予選《よせん》を勝《か》ちぬいた人数《にんずう》だった。
怜央《れお》ほか、メモリースポーツの経験者《けいけんしゃ》が4人《にん》。
オレや明日音《あすね》みたいな初心者《しょしんしゃ》が12人《にん》。
メモリー・バトルロイヤルの本選《ほんせん》はここから始《はじ》まる。
残《のこ》ったオレたちは、壁《かべ》ぎわに一列《れつ》に整列《せいれつ》させられていた。
「次《つぎ》、何《なに》を覚《おぼ》えるんだろうね……。本選《ほんせん》だから、もっと難《むずか》しくなるのかな」
誰《だれ》かがつぶやくのを聞《き》いて、オレも次《つぎ》の種目《しゅもく》を予想《よそう》してみる。
最初《さいしょ》が数字《すうじ》だったから、次《つぎ》は漢字《かんじ》とか？
げっ。オレは漢字《かんじ》も苦手《にがて》だぞ。

と、モニターにマスターが現《あらわ》れる。

【お待《ま》たせしました。それではいよいよ本選《ほんせん》を始《はじ》めます】

ヴンっ
また、例《れい》の音《おと》。

次《つぎ》の瞬間《しゅんかん》、パチっと視界《しかい》が明《あか》るくなる。

目《め》の前《まえ》に飛《と》びこんできた光景《こうけい》は……教室《きょうしつ》だった。

「……え？　なんだこれ、学校《がっこう》？」

あまりにも急《きゅう》にまわりの様子《ようす》が変《か》わったから、びっくりした。

もともと教室《きょうしつ》っぽかった、黒一色《くろいっしょく》の部屋《へや》。

そこに、本物《ほんもの》の小学校《しょうがっこう》みたいな景色《けしき》が広《ひろ》がっている。

普通《ふつう》の机《つくえ》、普通《ふつう》の床《ゆか》、普通《ふつう》の窓《まど》、普通《ふつう》のロッカー。

【この部屋《へや》にはプロジェクターや3D《スリーディー》プリンターなどの設備《せつび》があり、さまざまなステージを作《つく》ることができます】

「すげー……ハイテク」

オレは呆気《あっけ》に取《と》られたままつぶやく。

イクスメビウス社《しゃ》はゲームメーカーだからこういうこともできちゃうんだな。

【今《いま》からみなさんには『教室《きょうしつ》の記憶《きおく》』に挑戦《ちょうせん》していただきます】

「教室《きょうしつ》の記憶《きおく》……」

【この教室《きょうしつ》は、架空《かくう》の小学校《しょうがっこう》の6年《ねん》1組《くみ》です。全部《ぜんぶ》で15人《にん》の仲間《なかま》がいます。スタートの合《あい》図《ず》と同時《どうじ》に、顔写真《かおじゃしん》とプロフィールがそれぞれの机《つくえ》に表示《ひょうじ》されます】

一《ひと》つの机《つくえ》に、一人分《ひとりぶん》のデータか。

つまりここに、存在《そんざい》しない一《ひと》つのクラスを作《つく》ってみた、ってことかな。

【もうおわかりですね。みなさんが覚《おぼ》えるのはこのクラスのみんなのデータです。5分間《ふんかん》、この教室《きょうしつ》を自由《じゆう》に歩《ある》きまわって、顔《かお》、名前《なまえ》、趣味《しゅみ》を記憶《きおく》してください】

ええっ、なんだそれ。

さっきは並《なら》んだ数字《すうじ》なんていう、無機質《むきしつ》なものだったのに。

いきなり、人《ひと》のぬくもりがあるというか、生活《せいかつ》に密着《みっちゃく》した感《かん》じになったな……。

「人名《じんめい》とパーソナルデータの記憶《きおく》か。簡単《かんたん》だね。はりあいがないよ」

怜央《れお》がつまらなそうに言《い》った。取《と》りまきたちも冷静《れいせい》な顔《かお》でうなずいている。

くそー。やっぱどこまでもこいつらに有利《ゆうり》じゃん！

【制限時間《せいげんじかん》5分《ふん》の終了後《しゅうりょうご》、みなさんには10分間《ぶんかん》の解答《かいとう》タイムにうつってもらいます。同《おな》じ座席順《ざせきじゅん》で15人《にん》の顔《かお》だけが表示《ひょうじ》されますので、名前《なまえ》と趣味《しゅみ》を記入《きにゅう》してください。名前《なまえ》と趣味《しゅみ》、一《ひと》つ正解《せいかい》するごとにそれぞれ1ポイント。15人《にん》×2項目《こうもく》で、30点満点《てんまんてん》となります。20点獲《てんかく》得《とく》でクリアです】

3分《ぶん》の2も合《あ》ってないとダメなのか。

これやっぱり……かなり難《むずか》しそうだ。

人《ひと》の顔《かお》と名前《なまえ》って、意外《いがい》と頭《あたま》の中《なか》でつながらなかったりするんだよなぁ。うちの母《かあ》さんなんかはよく「あの人《ひと》、顔《かお》は知《し》ってるんだけど名前《なまえ》が出《で》てこないの」って言《い》ってる。

「やっぱいなぁ。明日音《あすね》、こういうの得意《とくい》？　……あ」

「……」

さっきちょっと気《き》まずかったのに、つい明日音《あすね》に話《はな》しかけてしまった。

明日音《あすね》はあきれたように小《ちい》さなため息《いき》をつく。

「もー、ほんと、柊矢《しゅうや》ってどこまでいっても柊矢《しゅうや》なんだから」

軽《かる》く目《め》を泳《およ》がせてから、でも普通《ふつう》に答《こた》える。

「私《わたし》は人《ひと》の名前《なまえ》とか覚《おぼ》えるの、数字《すうじ》よりはまだ抵抗《ていこう》ないけど……だからって難《むずか》しいよね。15人《にん》も覚《おぼ》えるの」

せっかく予選《よせん》をクリアしたのに、微妙《びみょう》に自信《じしん》がなさそうだった。

そうだよなぁ。友《とも》だちとかサッカー選手《せんしゅ》ならともかく、知《し》らない人間《にんげん》をいきなり20人《にん》も覚《おぼ》えるなんて。

【何《なに》か質問《しつもん》はありますか？　……ないようなら、さっそく始《はじ》めたいと思《おも》います。みなさんの無限《むげん》の記憶力《きおくりょく》、秘《ひ》めた能力《のうりょく》に期待《きたい》しています】

マスターが言《い》った。

第《だい》1種目《しゅもく》【教室《きょうしつ》の記憶《きおく》】が始《はじ》まろうとしている。

【これより5分間《ふんかん》で、完全《かんぜん》な記憶《きおく》を完成《かんせい》させてください。スタート！】

マスターの、そんな言葉《ことば》と同時《どうじ》に。

ピッ

教室《きょうしつ》の机《つくえ》には架空《かくう》の「クラスメイト」のデータが表示《ひょうじ》された。

※キミも挑戦《ちょうせん》してみよう！　次《つぎ》のページに15人《にん》の顔《かお》とプロフィールが出《で》てくるよ。５分《ふん》で覚《おぼ》えてね。解答欄《かいとうらん》は75ページにあるよ。

教卓《きょうたく》

↓左《ひだり》が窓《まど》側《がわ》

みんな戸惑《とまど》いながら、その空間《くうかん》をうろうろしはじめる。

「えっと、柊矢《しゅうや》くん、だっけ。どうやって覚《おぼ》えたらいいんだろうね、こんなに」

近《ちか》くにいたメガネの男子《だんし》に声《こえ》をかけられた。

「うーん、本当《ほんとう》にどうしたらいいんだろうな」

「僕《ぼく》はとりあえず、名前《なまえ》をひたすら声《こえ》に出《だ》してとなえてみようかな……何十回《なんじゅっかい》も……」

ふんふん、そういうやり方《かた》もあるか。

怜央《れお》は机《つくえ》の隙間《すきま》をスッスッと歩《ある》きながら、すごい速《はや》さで黒目《くろめ》を左右《さゆう》に動《うご》かしている。

カシャカシャと、シャッターでも押《お》すみたいに「カメラアイ」に情報《じょうほう》を入《い》れてるんだろう。

あー！　やっぱずるい！　あれって反則《はんそく》だと思《おも》う！

「ふふふ。ふふふふふふ。柊矢《しゅうや》よ」

ひょこり。

ハリ太郎《たろう》が頭《あたま》の上《うえ》で「フン！」と仁王立《におうだ》ちするような気配《けはい》がした。

「わかっているぞ。おまえは俺《おれ》の助言《じょげん》を求《もと》めているだろう」

「えー……そりゃちょっとは助《たす》けてほしいけど……うーん、とりあえず静《しず》かにしてくれ」

「こらっ。求《もと》めろっ！　もっともっと熱《あつ》く激《はげ》しく求《もと》めろっ。俺《おれ》の手《て》を取《と》れっ！　勝《か》ちたくはないのかっ」

ハリ太郎《たろう》はじたばたしている。

もちろん勝《か》ちたい。絶対怜央《ぜったいれお》に勝《か》ちたい。オレには「夢《ゆめ》」もあるし。

……まぁとりあえず、攻略法《こうりゃくほう》を聞《き》いてみるか。

「ハリ太郎《たろう》、こういうのはどうやって覚《おぼ》えたらいいんだ？　頭文字《かしらもじ》だけ取《と》るとか？」

「もちろん、それも悪《わる》くはない。最低限《さいていげん》の情報量《じょうほうりょう》で済《す》むからな。だが見《み》てみろ、名前《なまえ》に同《おな》じ頭文字《かしらもじ》のものが多《おお》く、趣味《しゅみ》も【テレビゲーム】と【ボードゲーム】など似《に》たものがある。イージーミスが心配《しんぱい》だ」

「……うわっほんとだ。なんか意地悪《いじわる》だなぁ。絶対頭《ぜったいあたま》がこんがらがるじゃん」

「こういう時《とき》は、**ストーリー法《ほう》**だ！　頭《あたま》の中《なか》でストーリーを作《つく》ってしまうんだ！」

ハリ太郎《たろう》はしぶい声《こえ》でそう断言《だんげん》した。

「ストーリー……」

「そうだ。ある日《ひ》のこのクラスに起《お》きる出来事《できごと》をイメージし、物語《ものがたり》を作《つく》る。人物《じんぶつ》が実際《じっさい》に動《うご》いているところを想像《そうぞう》しながら、記憶《きおく》に刻《きざ》みつけていくんだ」

「なるほど。たしかにジャンプのバトル漫画《まんが》に出《で》てくるキャラとか技名《わざめい》とかは10人《にん》くらいすぐ覚《おぼ》えられちゃうもんな」

「おっ、よくわかってるじゃないか。そのとおりだ。奇《き》をてらわず、第一印象《だいいちいんしょう》のまま、素《す》直《なお》な気持《きも》ちで〝キャラづけ〟をしていくといい。〝こいつはヒーロー〟で〝こいつは悪役《あくやく》〟、そういう覚《おぼ》えやすいイメージが大切《たいせつ》だ。ただの断片的《だんぺんてき》な情報《じょうほう》より、ぐっと深《ふか》く記憶《きおく》されるんだ！ きっと今回《こんかい》も勝《か》てるぞ！」

「へへへ、そうかな」

ほめられたので、ちょっと気分《きぶん》がよくなる。

物語《ものがたり》にしていく、っていうやり方《かた》、案外《あんがい》イケるかも。

ちょっとだけ、ハードルが下《さ》がった気《き》がするぞ。

とりあえず、オレは机《つくえ》のあいだを歩《ある》きまわり、あらためて【クラスメイト】の顔《かお》を見《み》た。

けっこう個性《こせい》ゆたかというか、いろんなやつがいる。

ハリ太郎《たろう》が言《い》ったとおり、キャラをつけてみよう。

「【山田《やまだ》】と【山下《やました》】がとなりの席《せき》になってる。ここはお調子者《ちょうしもの》っぽい顔《かお》してるから、ヤマヤマコンビって感《かん》じでお笑《わら》いコンビになってそう」

「いいぞ、その調子《ちょうし》だ」

教室《きょうしつ》の後《うし》ろには女子《じょし》の【栗原《くりはら》】。

「こいつは趣味《しゅみ》がお菓子《かし》作《づく》りだからきっと食《た》べるのが好《す》きだな。給食《きゅうしょく》の時間《じかん》は真《ま》っ先《さき》にデザートから食《た》べちゃうタイプ」

「うむ！」

「こっちの女子《じょし》はやさしそうだな。飼育委員《しいくいいん》とかやってそう……。あっ、名前《なまえ》が【池田《いけだ》】だ。毎朝一番《まいあさいちばん》に来《き》て、池《いけ》の魚《さかな》を世話《せわ》して、魚《さかな》に話《はな》しかけたりしてる。趣味《しゅみ》が手話《しゅわ》だから、たまにうっかり、魚《さかな》にまで手話《しゅわ》を使《つか》ったり」

なんかけっこう、楽《たの》しくなってきた。

おっといけない。

制限時間《せいげんじかん》は5分《ふん》しかない。

楽《たの》しんでないで、ちゃんと覚《おぼ》えないとな！

「柊矢《しゅうや》、何《なに》をぶつぶつ言《い》ってるの？」

「あ、明日音《あすね》。この教室《きょうしつ》のさ、ドラマを作《つく》ってるんだよ」

「ドラマ？」

「そう。この教室《きょうしつ》で起《お》こることを、映像《えいぞう》みたいにイメージしていくんだ。ストーリーを作《つく》ると、覚《おぼ》えやすいんだって」

「覚《おぼ》えやすいんだって、って……誰《だれ》がそんなこと言《い》ってたの？」

「はっはっは！　俺《おれ》だ！」

ハリ太郎《たろう》が胸《むね》を張《は》る。

しかし明日音《あすね》にはその声《こえ》は聞《き》こえない。

「あー……まぁ、そういう覚《おぼ》え方《かた》もあるかなって思《おも》ったんだ」

とオレはごまかした。

「？　ふーん。でもそっちのほうがやりやすそう。私《わたし》もやってみようかな」

明日音《あすね》は周囲《しゅうい》の机《つくえ》をきょろきょろと見《み》まわした。

「あっ、この【由美《ゆみ》】って子《こ》、引《ひ》っ越《こ》す前《まえ》に同《おな》じクラスだったミユちゃんに似《に》てる。趣味《しゅみ》

LOVE ♥ LOVE ♥ LOVE

も同《おな》じ【テニス】だ」

「お、言《い》われてみれば似《に》てるな。名前《なまえ》も由美《ゆみ》とミユで反対《はんたい》だし。ミユ、今《いま》オレのとなりの席《せき》だよ」

「そっか……みんな元気《げんき》？」

「おう。元気《げんき》だよ。帰《かえ》ったらよろしく言《い》っとくな」

というような、明日音《あすね》が同《おな》じ学校《がっこう》にいた去年《きょねん》をなつかしむ会話《かいわ》をする。

「この子《こ》はテニスの大会《たいかい》で負《ま》けちゃって、でみんなが元気《げんき》づけたりしてるって話《はなし》にしようかな。趣味《しゅみ》が【手品《てじな》】の子《こ》がやって見《み》せたりして」

「おお、なんかいいな、そういうの。趣味《しゅみ》が手品《てじな》なのは……【大野《おおの》】。こいつは変《へん》なメガネだから手品師《てじなし》っぽくて覚《おぼ》えやすい」

「あとはえっと……朝《あさ》からこの子《こ》の元気《げんき》がなくて……この子《こ》が『どうしたの？』ってたずねて……」

明日音《あすね》は指《ゆび》さしをしたり、身振《みぶ》り手振《てぶ》りもくわえて、ストーリーを作《つく》っていく。

オレは「ある日《ひ》の学級会《がっきゅうかい》」という話《はなし》を作《つく》ってみることにした。

議題《ぎだい》は……そうだな、秋《あき》の文化祭《ぶんかさい》の出《だ》し物《もの》について。

【山田《やまだ》】と【山下《やました》】のヤマヤマコンビは漫才《まんざい》をやりたがる。【お笑《わら》い】の好《す》きな【山下《やました》】と【漫画《まんが》】の好《す》きな【山田《やまだ》】が『漫画《まんが》をネタにしたおもしろい漫才《まんざい》をする！』と真《ま》っ先《さき》に手《て》をあげる。

【化学実験《かがくじっけん》】が好《す》きな【糸倉《いとくら》】は実験《じっけん》ショーとかやりたがる。

【手芸《しゅげい》】が趣味《しゅみ》の【鈴木《すずき》】はかわいい服《ふく》が大好《だいす》き！　って感《かん》じがするし、かわいい小物《こもの》を作《つく》って売《う》ったりしたい。【写真《しゃしん》】が好《す》きな【三ツ谷《みつや》】は『撮《と》った写真《しゃしん》を展示《てんじ》してボーッとながめたいな……』とつぶやく。

頭《あたま》の中《なか》で架空《かくう》のクラスメイトが、やりたいことを主張《しゅちょう》してくる。

「何《なに》をぶつぶつ言《い》ってるのかと思《おも》ったら。空想《くうそう》ごっこか。弱《よわ》い人間《にんげん》はつるむのが好《す》きだね」

とっくに覚《おぼ》え終《お》わった怜央《れお》が、そう言《い》って冷《つめ》たく笑《わら》った。

ぐっ。腹《はら》たつ。

でも無視《むし》だ、無視《むし》。

一《ひと》つでも多《おお》く確実《かくじつ》に、覚《おぼ》えないといけないからな！

【5、4、3、2、1、そこまで】

ヴンっ
終了《しゅうりょう》のカウントダウンと同時《どうじ》に、そこは一瞬《いっしゅん》で、元《もと》の無機質《むきしつ》な部屋《へや》に戻《もど》った。
【みなさん、席《せき》についてください。これより解答《かいとう》にうつります】
みんな、さっと自分《じぶん》の席《せき》に座《すわ》る。
頭《あたま》にたたきこんだプロフィールを忘《わす》れないうちに、早《はや》く解答《かいとう》しないといけない。
【みなさん席《せき》につきましたね？　それではこれより10分《ぷん》の解答《かいとう》タイムにうつります】
そんな言葉《ことば》と同時《どうじ》に、机《つくえ》のタッチパネルに解答欄《かいとうらん》が映《うつ》しだされた。

※キミも答《こた》えてみよう！　次《つぎ》のページに解答欄《かいとうらん》があるよ。10分以内《ぷんいない》に解答《かいとう》してね。

教卓《きょうたく》

↓左《ひだり》が窓側《まどがわ》

ずらりと出《で》てくる顔《かお》、顔《かお》、顔《かお》。

その横《よこ》に名前《なまえ》と趣味《しゅみ》を書《か》きこんで、プロフィールを完成《かんせい》させなくちゃいけない。

「よし！」

オレは自分《じぶん》の頭《あたま》で作《つく》った物語《ものがたり》を思《おも》いだしながら、せっせと書《か》きこんでいく。

6年《ねん》1組《くみ》の学級会《がっきゅうかい》だ。文化祭《ぶんかさい》の出《だ》し物《もの》がなかなか決《き》まらない。

前《まえ》の席《せき》にいるヤマヤマコンビが騒《さわ》いで怒《おこ》られる。

それをクラスのまとめ役《やく》の三輪《みわ》がたしなめる。

ボードゲームが好《す》きな秋山《あきやま》が『ボードゲームカフェをやりたいです』と手《て》をあげる。

頭《あたま》の中《なか》で、ちゃんとキャラが動《うご》いていた。

「おお……けっこう解《と》ける……」

すいすいとマスをうめられるのが気持《きも》ちよかった。

こういう記憶法《きおくほう》もあるんだな。

「えらいぞ、柊矢《しゅうや》。俺《おれ》の弟子《でし》としてたのもしくなってきたな！」

机《つくえ》の上《うえ》でハリ太郎《たろう》がぴょこぴょこと跳《は》ねている。

10分後《ぷんご》。
オレは15人分《にんぶん》すべて、解答《かいとう》することができた。
自信《じしん》は……あるようなないような。
【では、結果発表《けっかはっぴょう》にうつります……】
マスターの無機質《むきしつ》な声《こえ》が、そう告《つ》げた。
【今回《こんかい》は、16人全員分《にんぜんいんぶん》の結果《けっか》が出《で》ます。通過《つうか》と脱落《だつらく》の二《ふた》つの欄《らん》にわけました】
一瞬《いっしゅん》でパッと出《で》るのか。緊張《きんちょう》する。
ピッ
画面《がめん》の中《なか》で、【通過《つうか》】と【脱落《だつらく》】、ぱっきりと二《ふた》つに色《いろ》わけされていた。
通過《つうか》が9人《にん》で、脱落《だつらく》が7人《にん》。
オレの名前《なまえ》は……【通過《つうか》】のほうにある。
「やった！」
よかった！　なんとかなったじゃん！

全身《ぜんしん》からふわーっと力《ちから》が抜《ぬ》けた。

明日音《あすね》の名前《なまえ》もちゃんとあった。「クリアだぁ……」とほっとしている。

「だめだった……留学《りゅうがく》のお金《かね》がほしかったのに……」

はしのほうから、悲《かな》しげな声《こえ》が聞《き》こえた。

さっき、声《こえ》に出《だ》して覚《おぼ》えようって言《い》ってたやつ。

オレは賞金《しょうきん》をもらったらサッカーのワールドカップ観戦《かんせん》に使《つか》おうと思《おも》ってたけど。

そっか、留学《りゅうがく》とか、そういうことのために参加《さんか》してたやつもいるんだ……

「なんか、それぞれに事情《じじょう》みたいなのって、あるんだよな」

オレまで切《せつ》なくなってつぶやくと、ハリ太郎《たろう》がシブくうなずく。

「そうだな。人《ひと》にはみな、背負《せお》うものや秘《ひ》めるものがある」

「いや『人《ひと》には』って、おまえはハリネズミじゃん」

「ハリネズミだが、元《もと》は人間《にんげん》かもしれないぞ」

「そんなバカな……」

なんて会話《かいわ》をしているオレたちをちらりと見《み》ながら怜央《れお》が言《い》う。

「予想《よそう》よりは残《のこ》ったけど、やっぱりだいぶ人数《にんずう》がへったね。しょせんはつけ焼《や》き刃《ば》だ」

「……そういうこと言《い》うなよ。みんな全力《ぜんりょく》でやったんだから」

がっくり肩《かた》を落《お》としてるやつがいるのに言《い》うセリフじゃないだろ。

「ろくな経験《けいけん》もない素人《しろうと》の『全力《ぜんりょく》』なんてたかが知《し》れている。無理《むり》にできないことをやるより、もっと勝《か》ち目《め》のあることに力《ちから》を注《そそ》いだほうがいい。きみも普段《ふだん》やってる球蹴《たまけ》りに戻《もど》ったほうがいいんじゃないのか」

球蹴《たまけ》りって！　人《ひと》がやってるスポーツをバカにすんなよ！

と怒鳴《どな》ろうとしたら、

【それでは、脱落《だつらく》したみなさんは退場《たいじょう》してください】

マスターが感情《かんじょう》なく告《つ》げた。

「柊矢《しゅうや》くん。頑張《がんば》ってね……」

大《おお》きなため息《いき》とともに、メガネの男子《だんし》が去《さ》っていった。

それを見《み》てまた怜央《れお》がフンと憎《にく》たらしく笑《わら》う。

「あいつ、人《ひと》をバカにしすぎだろ、あいつにだけは絶対負《ぜったいま》けねーぞ！　な、明日音《あすね》！」

「うん。でも、そんなやる気《き》だけでどうにかなるかなぁ」

明日音《あすね》がボソっとつぶやく。

「何《なに》言《い》ってんだ、どうにかするんだよ！」

「どうにか、か。うん。そうだね」

うなずきはするけど、その表情《ひょうじょう》はあんまり明《あか》るくない。

以前《いぜん》の明日音《あすね》だったら、こういう時《とき》、一緒《いっしょ》に怒《おこ》ってたと思《おも》う。

誰《だれ》かの好《す》きなものがバカにされたとき。

頑張《がんば》ってダメだった誰《だれ》かが、ひどいことを言《い》われた時《とき》。

たしかに明日音《あすね》は、口《くち》うるさくて無愛想《ぶあいそう》だけど。

そういう相手《あいて》には、ちゃんと怒《おこ》れるやつだったはずだ。

「さっきも言《い》ったけどさぁ、おまえ、なんかちょっと……変《か》わった？」

どうしても気《き》になって、たずねてしまった。明日音《あすね》は歯切《はぎ》れ悪《わる》く答《こた》える。

「いろいろあったから」

「いろいろ？」

それっていったいなんだよ。つづけて聞《き》いてみようとしたとき。

「シャーラップ！　それ以上《いじょう》はいけない！」

頭上《ずじょう》からハリ太郎《たろう》に怒鳴《どな》られた。

腹《はら》ばいのまま「ふんふん」とボディプレスをしてくる。

「柊矢《しゅうや》。おまえは女心《おんなごころ》をわかってない。余計《よけい》なことをたずねるな！」

「いや女心《おんなごころ》って！　ハリネズミにそんなこと言《い》われても」

「女性《じょせい》が『いろいろあったの』と言《い》ったら、そこには触《ふ》れるな！　アンタッチャブルだ」

「な、なるほど……？　そうなのか……？」

さっきも思《おも》ったけど、ハリ太郎《たろう》って、なんか妙《みょう》に人生経験《じんせいけいけん》が豊富《ほうふ》っぽいな……。

【脱落《だつらく》したみなさんの移動《いどう》が完了《かんりょう》しましたね。これより第《だい》2種目《しゅもく》にうつります】

すっかり人数《にんずう》がへった教室《きょうしつ》を見《み》まわすようにして、マスターが現《あらわ》れた。

【第《だい》2種目《しゅもく》は……『楽譜《がくふ》の記憶《きおく》』です】

―インターバル―

メモリー・バトルロイヤル本選《ほんせん》の第《だい》1種目《しゅもく》が終《お》わった。

【教室《きょうしつ》の記憶《きおく》】で用《もち》いたのは、頭《あたま》の中《なか》で物語《ものがたり》を作《つく》る〈ストーリー法《ほう》〉と呼《よ》ばれる記憶術《きおくじゅつ》だ。

柊矢《しゅうや》は実《じつ》によく理解《りかい》し、実践《じっせん》した。

しかしここで、本当《ほんとう》に本当《ほんとう》に、こまったことが起《お》きてしまった。

第《だい》2種目《しゅもく》は【楽譜《がくふ》の記憶《きおく》】だという。これはまずいかもしれない。

柊矢《しゅうや》は、おそらく、この種目《しゅもく》ではライバルに勝《か》てない。

5 楽譜《がくふ》！
運命《うんめい》のメロディ

マスターの説明《せつめい》はつづいていた。

【『楽譜《がくふ》の記憶《きおく》』では一度《いちど》見《み》た楽譜《がくふ》を、正《ただ》しく再現《さいげん》してもらいます。モニターに出《で》てくる曲《きょく》を覚《おぼ》えて、机《つくえ》の上《うえ》に出《で》てくる五線譜《ごせんふ》に書《か》いてください】

「楽譜《がくふ》……！」

ああ——！　もう！

それを聞《き》いた瞬間《しゅんかん》、頭《あたま》を抱《かか》えたくなった。

オレ音符《おんぷ》なんて、音楽《おんがく》のテストでしか書《か》いたことないんですけど！

そのテストの点数《てんすう》もわりとさんざんだったんですけど！

「明日音《あすね》はラッキーだな！　ピアノやってるし……ん？　明日音《あすね》？」

となりの明日音《あすね》を見《み》る。

なぜだろう。その表情《ひょうじょう》は、まったく晴《は》れない。

せっかく自分《じぶん》に有利《ゆうり》なお題《だい》が出《で》たのに、どうしてこんな、追《お》いつめられたような顔《かお》してるんだ？

【制限時間《せいげんじかん》は10分《ぷん》。80パーセント達成《たっせい》でクリアです。また今回《こんかい》は特別《とくべつ》な趣向《しゅこう》を用意《ようい》しました】

ヴンっ

オレの手《て》もとに、小《ちい》さな鍵盤《けんばん》が出《で》てきた。

【みなさんの机《つくえ》に、鍵盤《けんばん》パネルとヘッドホンを用意《ようい》しました。使《つか》う、使《つか》わないはあくまで自由《じゆう》です。目《め》で見《み》たり口《くち》ずさむだけで覚《おぼ》えられるという場合《ばあい》は、もちろんそれでもかまいません】

オレ、ピアノは「かえるのうた」しか弾《ひ》けないんだけどなー。

でも、頭《あたま》に深《ふか》く刻《きざ》むために、実際《じっさい》に課題曲《かだいきょく》を弾《ひ》いてみる、ってのも手《て》かもしれないな。

「ふん。なるほどね。面白《おもしろ》い趣向《しゅこう》だ。まあ目《め》で見《み》ればすべて記憶《きおく》できる僕《ぼく》には関係《かんけい》ないけどね。カメラアイは楽譜《がくふ》にも有効《ゆうこう》だ。音《おと》の高《たか》さも長《なが》さも、すべて一枚《まい》の図《ず》として記憶《きおく》できる」

怜央《れお》はまったく動《どう》じていない。

結局《けっきょく》は、カメラアイを持《も》ってるやつが有利《ゆうり》だよなぁ。

くそー。この不利《ふり》をどうにかひっくり返《かえ》さないと。

「……どうしよう。私《わたし》、できない」

明日音《あすね》がつぶやく。

「どうしたんだよ。明日音《あすね》はピアノうまいんだから、楽勝《らくしょう》だろ。楽器《がっき》やってるやつって楽《がく》譜《ふ》に慣《な》れてるから、きっと覚《おぼ》えるのも早《はや》いよな」

「うまくなんか……ない」

「何《なに》言《い》ってんだ。去年《きょねん》も一昨年《おととし》も合唱大会《がっしょうたいかい》で伴奏《ばんそう》やってたじゃん」

「……」

じっとうつむいたまま、顔《かお》をあげない。

「一昨年《おととし》は金賞《きんしょう》だったもんな、そういえば昔練習《むかしれんしゅう》してた『星《ほし》に願《ねが》いを』うまくなったか？

オレあのアニメ好《す》きだからさぁ、たまに窓《まど》から聞《き》こえてくるやつ、つい聴《き》いたりして

「……」

「やめて！　ピアノの話《はなし》は嫌《いや》だ」

どういうこと？　明日音《あすね》、ピアノ好《す》きじゃん。

幼稚園《ようちえん》のころからずっと練習《れんしゅう》してたし。

将来《しょうらい》の夢《ゆめ》はピアニストです！　って、学年変《がくねんか》わるたびにクラスの自己紹介《じこしょうかい》で言《い》ってたし。

嫌《いや》って……なんでだ？

これがさっき言《い》ってた「いろいろあった」ってことなんだろうか？

たずねようかと思《おも》ったけど、なんだか触《ふ》れていい雰囲気《ふんいき》じゃない。

「ハリ太郎《たろう》。明日音《あすね》のこと、どう思《おも》う？　もう絶対《ぜったい》、変《へん》だよな」

小声《こごえ》でたずねた。

「……」

「ハリ太郎《たろう》？」

「すまん。柊矢《しゅうや》。ふがいない師匠《ししょう》である俺《おれ》を許《ゆる》してくれ」

なぜかいきなり、あやまられてしまった。

「この種目《しゅもく》、俺《おれ》は、まったく助言《じょげん》ができない」

「？　どうしたんだよ突然《とつぜん》、おまえまでしずんだ声《こえ》出《だ》して」

「俺《おれ》は……これまで楽譜《がくふ》というものをきちんと読《よ》んだことがない。音感《おんかん》もゼロだ。ピアノも弾《ひ》けない」

「！」

びっくりした。……いや、よく考《かんが》えたら当《あ》たり前《まえ》だよな。

ハリ太郎《たろう》はハリネズミなんだから。音楽《おんがく》に触《ふ》れあう機会《きかい》なんてなかったはずだ。

「すまない……今回《こんかい》だけは、自力《じりき》で勝《か》ってくれ」

そう言《い》って、俺《おれ》のポケットにもぐりこむ。

「うわー！　そんな！」

これまで助《たす》けてもらったので、オレはついついハリ太郎《たろう》をあてにしてしまっている。

いや、でも、だけど。

自分《じぶん》の力《ちから》で勝《か》たなきゃいけない時《とき》だってある。

よし。どうにかやってみよう。

とはいえ、楽譜《がくふ》の記憶方法《きおくほうほう》なんてぜんぜんまったく、わからないけど！

【みなさんの無限《むげん》の記憶力《きおくりょく》、秘《ひ》めた能力《のうりょく》に期待《きたい》しています。それでは、スタート！】

ヴンっ

お決《き》まりのセリフとともに、中央《ちゅうおう》のモニターに楽譜《がくふ》が出《で》た。

※キミも挑戦《ちょうせん》してみよう！　次《つぎ》のページに楽譜《がくふ》が出《で》てくるよ。5分《ふん》で覚《おぼ》えてね。解答欄《かいとうらん》は105ページにあるよ。

第《だい》2種《しゅ》目《もく》
楽《がく》譜《ふ》の記《き》憶《おく》

これを5分《ふん》で暗記《あんき》する。

「えっと、や、やばい……ぜんぜん覚《おぼ》えられない」

音楽《おんがく》の授業《じゅぎょう》でやったから、一応《いちおう》オタマジャクシは読《よ》める。

黒《くろ》いのが短《みじか》い音《おと》。白《しろ》いのが長《なが》い音《おと》だ。

でもそれをかぎられた時間内《じかんない》に覚《おぼ》えるなんて初《はじ》めてだ。

とりあえず弾《ひ》いてみるか、と思《おも》ってヘッドホンをつけて、指《ゆび》を鍵盤《けんばん》においてみた。

えーっと……ドってたしか……ここだよな。合《あ》ってる？

こんなことなら音楽《おんがく》の授業《じゅぎょう》をちゃんと受《う》けておけば……。

「ううう、難《むずか》しい」

弾《ひ》いてはみたけどつっかえつっかえで、ほとんど曲《きょく》にならない。

この長《なが》さを覚《おぼ》えるのは、きついぞ！

「明日音《あすね》は大丈夫《だいじょうぶ》だよな……おい、明日音《あすね》？」

小《ちい》さく声《こえ》をかけても、明日音《あすね》はやっぱり、うつむいていた。

楽譜《がくふ》や鍵盤《けんばん》のほうを見《み》てもいない。

「どうしたんだよいったい。なんか顔色悪《かおいろわる》いぞ」

「無理《むり》なの」

「無理？」

「楽譜《がくふ》とか鍵盤《けんばん》を見《み》ると、気持《きも》ち悪《わる》くなっちゃって」

「そ、それでいったいどうやってピアノ練習《れんしゅう》してるんだ？」

「してないの、最近《さいきん》は」

「え？」

明日音《あすね》は少《すこ》し震《ふる》えた声《こえ》で言《い》う。

「失敗《しっぱい》したから」

「失敗《しっぱい》……？」

「先月《せんげつ》、合唱《がっしょう》コンクールで伴奏《ばんそう》やったんだけど、本番《ほんばん》で大失敗《だいしっぱい》しちゃった」

その声《こえ》は小《ちい》さくて、でもずっしりしたひびきだった。

「で、でも……あんなに音楽《おんがく》が好《す》きだったのに。ミスくらいは誰《だれ》にだって……」

「柊矢《しゅうや》にはわかんないよ。みんなの前《まえ》で特大《とくだい》の失敗《しっぱい》とか、したことないでしょ」

たしかに、ないかもしれない。

そりゃパスまわしのミスとか、納得《なっとく》いかないプレーはいろいろあるけど。大事《だいじ》な大会《たいかい》でオウンゴールとかは、したことない。

みんなの視線《しせん》を集《あつ》めるような、取《と》りかえしのつかないミスは。

「あの空気《くうき》は絶対《ぜったい》、経験《けいけん》してないとわかんない。どんなに好《す》きだったことでも、一瞬《いっしゅん》で嫌《きら》いになる」

想像《そうぞう》してみた。

自分《じぶん》のミスでパッととまる合唱《がっしょう》。みんなの戸惑《とまど》った顔《かお》。観客《かんきゃく》のざわめき。

……それはかなり……つらい。

「けど好《す》き『だった』んだろ？　夢中《むちゅう》でやってた時《とき》のこと思《おも》いだしてさ、どうにかやってみようぜ」

「好《す》き『だった』だもん。今《いま》は違《ちが》う。過去形《かこけい》だし」

「好《す》きだった、には『好《す》きだった時《とき》の気持《きも》ち』が入《はい》ってるじゃん、やってみろよ、絶対《ぜったい》またいけるって」

郵便はがき

料金受取人払郵便

神田局承認

6236

差出有効期間
2025年
2月28日まで

101-8051

050

神田郵便局郵便私書箱４号

集英社みらい文庫

2024-2025冬読フェア係 行

11月刊

みらい文庫2024-2025冬読フェアプレゼント

抽選で 3000円分図書カード 150名に当たる!!

応募方法 このアンケートはがきに必要事項を記入し、帯の右下についている応募券を1枚貼って、お送りください。

発表：賞品の発送をもってかえさせていただきます。

しめきり：2025年2月28日(金)

ここに応募券を貼ってね！

みらい文庫 冬読フェア プレゼント 2024-2025 応募券 250228

ご住所（〒　　－　　） ☎　（　）	
お名前	スマホを持っていますか？ はい ・ いいえ
学年（　　年）　年齢（　　歳）	性別（ 男 ・ 女・その他 ）
この本（はがきの入っていた本）のタイトルを教えてください。	

いただいた感想やイラストを広告、HP、本の宣伝物で紹介してもいいですか

1. 本名でOK　2. ペンネーム（　　　　）ならOK　3. いいえ

※お送りいただいた方の個人情報を、本企画以外の目的で利用することはありません。資料として処理後は、破棄いたしま

※差出有効期間を過ぎている場合は、切手を貼ってご投函ください。

これからの作品づくりの参考とさせていただきますので、下の質問にお答えください。

★ この本を何で知りましたか?

1. 書店で見て　2. 人のすすめ(友だち・親・その他)　3. ホームページ
4. 図書館で見て　5. 雑誌、新聞を見て(　　　　　　)
6. みらい文庫にはさみ込まれている新刊案内チラシを見て
7. YouTube「みらい文庫ちゃんねる」で見て
8. その他(　　　　　　　　　　　　　　　　)

★ この本を選んだ理由を教えてください。(いくつでもOK)

1. イラストが気に入って　2. タイトルが気に入って　3. あらすじを読んでおもしろそうだった　4. 好きな作家だから　5. 好きなジャンルだから
6. 人にすすめられて　7. その他(　　　　　　　　　　　　)

★ あなたは1か月に何冊ぐらい本やまんがを読みますか? 本、まんが雑誌、コミックス(まんがの単行本)、学習まんが(歴史や伝記など)それぞれについて教えてください。 ※ほとんど読まない場合は、0冊と書いてください。

本(　　)冊　まんが雑誌(　　)冊　コミックス(　　)冊　学習まんが(　　)冊

★ あなたの友だちで、好きな本やまんがのことを話せる人はいますか?

1. いる　2. いない

★ あなたの学校には、「朝読」などの決められた読書の時間はありますか?

1. ある(週　　回)　2. ない

★ 上の質問で「1. ある」と答えた人にお聞きします。学校の読書の時間では、どんな本を読むことが多いですか?

1. 家から持っていった本　2. 学校の図書館で借りた本
3. 町の図書館で借りた本　4. 学校用タブレットに入っている本
5. その他(　　　　　　　　　　　　　　)

★ この本を読んだ感想、この本に出てくるキャラクターについて自由に書いてください。イラストもOKです♪

思《おも》わず、声《こえ》を荒《あら》らげてしまった。

明日音《あすね》はぽかんとする。

「前《まえ》から思《おも》ってたけど柊矢《しゅうや》って、たまに変《へん》だよね」

こんな時《とき》なのに、しみじみとした口調《くちょう》だった。

「普通《ふつう》『好《す》きだった』って言《い》われたら『つまりもう好《す》きじゃないんだな』って思《おも》うじゃん」

「……それはそうだけど」

でも、好《す》きだった、ってのも事実《じじつ》だろ。うまく言《い》えないけど。

たしかに、辛《つら》いことがあったのかもしれない。

今《いま》は音楽《おんがく》に触《ふ》れるのが嫌《いや》だ、それも事実《じじつ》なんだと思《おも》う。でも。

それで今《いま》までの『好《す》き』は、絶対《ぜったい》に、なかったことにはならない、とオレは、思《おも》うんだ。

「一緒《いっしょ》に、弾《ひ》いてみるか？」

「え？」

「昔《むかし》さ、明日音《あすね》の家《いえ》でよく弾《ひ》いたじゃん。三歳《さい》くらいだっけ。ちょうど明日音《あすね》の家《いえ》に、ピアノが来《き》たころ。連弾《れんだん》っていうんだっけ、てんでデタラメだったけど」

あのころはオレもよく、明日音《あすね》の家《いえ》に遊《あそ》びに行《い》ってた。真新《まあたら》しい大《おお》きなピアノがめずらしくて、椅子《いす》に二人《ふたり》で並《なら》んで座《すわ》って、デタラメに鍵盤《けんばん》を押《お》したりして。

音楽《おんがく》なんてぜんぜんわからないオレが「かえるのうた」だけは弾《ひ》けるのは、明日音《あすね》が教《おし》えてくれたからだったりする。

サッカー始《はじ》めてからは、そんなこともやらなくなっちゃったけど。

あのころから明日音《あすね》はちょっとお姉《ねえ》さんぶってて、「そこは違《ちが》うの〜」とか「じょうずだね」とか、先生《せんせい》みたいだった。

「あのころみたいに一緒《いっしょ》に弾《ひ》いたらこう、ピアノが好《す》きだったころの気持《きも》ちを思《おも》いだしたりするかも」

「一緒《いっしょ》に、って何言《なにい》ってんの。あれは……ホントに小《ちい》さいころの話《はなし》でしょ。ピアノ買《か》ってもらってうれしくて……あのころとはもう違《ちが》うよ」

「違《ちが》わないかもしれないじゃん。……オレ、明日音《あすね》に昔《むかし》さ、『大人《おとな》になったらサッカーのワールドカップに出《で》る！』って言《い》ったの覚《おぼ》えてるか」

「言《い》ってたかも……」

「オレ、この大会《たいかい》で優勝《ゆうしょう》したら100万円《まんえん》もらって、ワールドカップを観《み》に行《い》きたいんだよ。だから応募《おうぼ》した」

そう。それがオレの「夢《ゆめ》」。だから頑張《がんば》ってる。

もちろん選手《せんしゅ》として出《で》るのが夢《ゆめ》だけど、まずは再来年《さらいねん》、観《み》に行《い》きたいから！

「明日音《あすね》だってこの大会《たいかい》に出《で》て、ここまで頑張《がんば》って勝《か》ちすすんでるってことは、ほんとは自分《じぶん》を変《か》えたいとか、もう一度《いちど》何《なに》かしてみたいとか……そういう気持《きも》ちがあるんじゃないのか」

「そんなの」

ある、とも、ない、ともいえない顔《かお》で、明日音《あすね》は言葉《ことば》を切《き》った。

「まあまあ、やるだけやってみろって、ほら」

ちょいちょい。

オレは自分《じぶん》の椅子《いす》を指《ゆび》さす。

スペースを半分《はんぶん》、明日音《あすね》のためにあけた。

一緒《いっしょ》に座《すわ》ってちょっと弾《ひ》いてみたら、あの時《とき》のキラキラした気持《きも》ちがよみがえるかもしれない。

「そんな恥《は》ずかしいことできるわけないでしょ！　何考《なにかんが》えてんの！」

うーん、ダメか。

まぁ、そうだよな。

「でもさ、鍵盤《けんばん》に、指《ゆび》だけおいてみたらどうだ？」

「……」

「たとえばオレが、サッカーを嫌《きら》いになったとして、でもグラウンドにボールがおいてあるのを見《み》たら、思《おも》いっきり蹴《け》りたくなると思《おも》うんだよ。そういう、なんていうか、きっかけっていうか……あー……あ！　そうだ」

どうにか伝《つた》えようとするけど、それ以上《いじょう》は、あまり上手《じょうず》に言《い》えなかった。

オレも明日音《あすね》も、黙《だま》ってしまう。

「でもたしかに……あのころ、楽《たの》しかったんだよね」

ぽつんと明日音《あすね》が言《い》った。

「だいじなピアノなのに、柊矢《しゅうや》が力《ちから》まかせに弾《ひ》こうとするからめちゃくちゃ怒《おこ》った」

……したなぁ。そんなこと。まあ、小《ちい》さかったし、時効《じこう》だよな。

明日音《あすね》はそこでまた、うつむいてしまった。

もうこれ以上《いじょう》は、何《なに》も言《い》えない。あとは、自分《じぶん》の問題《もんだい》だって気《き》もするし。

というか、オレも早《はや》く楽譜《がくふ》を覚《おぼ》えないといけない。

気《き》になるしじれったいけど、今《いま》は自分《じぶん》のことだよな。

……と思《おも》って、あらためてモニターを見《み》ようとした時《とき》。

すっ。

明日音《あすね》がちょっと隙間《すきま》はあけつつ、となりに座《すわ》った。

「ちょっとだけ、となりに座《すわ》っていい？」

「……おう」

自分《じぶん》で言《い》いだしたのに、恥《は》ずかしかった。

明日音《あすね》がヘッドホンをつけて、指《ゆび》をそっと、鍵盤《けんばん》の上《うえ》に持《も》ってきた。

唇《くちびる》をきゅっとかみしめたまま、モニターの楽譜《がくふ》を見《み》て、とんと一《ひと》つ、触《ふ》れる。

そのまま二《ふた》つ、三《みっ》つ。なめらかな動《うご》きで、弾《ひ》いた。

「……あ」

ほっとしたように、表情《ひょうじょう》がやわらぐ。

平気《へいき》だった、のかな。

「うん、そんなに……難《むずか》しい曲《きょく》じゃないよ」

鍵盤《けんばん》と楽譜《がくふ》に接《せっ》することができるなら、明日音《あすね》にとって、もうそんなには難《むずか》しくないはずだ。

問題《もんだい》はオレだよ！　オレだ！

「うーん、音階《おんかい》を数字《すうじ》に置《お》きかえる、語呂《ごろ》を合《あ》わせる？　何《なに》かのストーリーを作《つく》るとか？」

これまでハリ太郎《たろう》に教《おそ》わった攻略法《こうりゃくほう》を思《おも》いかえしてみたけど、どれもしっくりこない。

「うーむ。音《おと》の長《なが》さという要素《ようそ》もあるからなかなか困難《こんなん》だ……どうしたらいいんだ……うーん」

ハリ太郎《たろう》も、ポケットの中《なか》で弱《よわ》りきっている。

とにかく弾《ひ》いてみて覚《おぼ》えるしかないのかな……

あー、だめだ！　高《たか》いドがやたらと多《おお》い！

「柊矢《しゅうや》」

頭《あたま》をがしがししていると、明日音《あすね》がとなりから机《つくえ》を指先《ゆびさき》でトンとたたいた。

「これ、コツがあるよ」

その目《め》に少《すこ》し、生気《せいき》が戻《もど》っていた。

「明日音《あすね》。大丈夫《だいじょうぶ》なのか？」

「……わかんない。でも『好《す》きだった』ってことを思《おも》いだしたら、やれる気《き》がしてきた。柊矢《しゅうや》。見《み》て。この曲《きょく》、同《おな》じメロディがくりかえされてるところがある」

「え？　なくない？」

「最後《さいご》まで弾《ひ》いてみるとわかるけど、1段目《だんめ》にも2段目《だんめ》にも、ドラシ、ドラシがあるよ」

「ふんふん」

「よく見《み》ると、何《なん》か所《しょ》か、そういう感《かん》じで覚《おぼ》える手間《てま》がへらせる部分《ぶぶん》があるみたい」

明日音《あすね》がそう言《い》うのを聞《き》いて、ハリ太郎《たろう》がポケットから顔《かお》を出《だ》した。

「すごいぞ明日音《あすね》！　これはチャンク化《か》と呼《よ》ばれる記憶《きおく》のテクニックだ」

「チャンク？」

オレは小声《こごえ》で聞《き》きかえす。

「そうだ。チャンクというのは『塊《かたまり》』という意味《いみ》だ。大量《たいりょう》に並《なら》んだ情報《じょうほう》を記憶《きおく》する時《とき》、ある部分《ぶぶん》を〝ひとかたまり〟にまとめて効率《こうりつ》よく頭《あたま》に入《い》れる。明日音《あすね》はそのやり方《かた》に無意識《むいしき》でたどりついたんだ」

「はーなるほど……ぜんぜん気《き》づかなかった」

だとしたら全部《ぜんぶ》を完全《かんぜん》に覚《おぼ》える必要《ひつよう》はないかもしれない。

よし！　情報《じょうほう》のチャンク化《か》、やってみよう。

これでだいぶ、ラクになる気《き》がするぞ。

「で……あとの、残《のこ》りの部分《ぶぶん》はさっきみたいにパッと見《み》た形《かたち》のイメージで覚《おぼ》えるか。音符《おんぷ》が階段《かいだん》みたいになってるところと、二《ふた》つ上下《じょうげ》するところがあるから」

「うん。あと、音《おと》の長《なが》さは体《からだ》でリズムを取《と》りながらターアー、タンタン……って、こんなふうに、覚《おぼ》えていくといいかも」

LOVE ♥ LOVE ♥ LOVE

明日音《あすね》がオレのひざをポンポンとたたいた。たしかにリズムは体《からだ》に直接《ちょくせつ》記憶《きおく》させるといいかもしれない。これで少《すこ》し覚《おぼ》えやすくなった気《き》がする。

頭《あたま》は音階《おんかい》を記憶《きおく》する。体《からだ》はリズムを記憶《きおく》する。

おっ、こういう分業《ぶんぎょう》みたいなのも、いいんじゃないか？

「「……あ」」

そこで二人《ふたり》して気《き》づく。

距離《きょり》が近《ちか》い。

いやとなりに座《すわ》ってるから当《あ》たり前《まえ》だけど！

座《すわ》れって言《い》ったのオレだけど！

「ご、ごめん。私自分《わたしじぶん》の席《せき》に戻《もど》るね」

「お、おう」

オレたちはそそくさと、もとどおりそれぞれの机《つくえ》に戻《もど》り、楽譜《がくふ》にむきあう。

なんかひさしぶりに近《ちか》づいてドキドキしちゃったぞ。

「え、えーと。あとはもう、何度《なんど》も弾《ひ》いてみるか……こういうのは実際《じっさい》にやるのが一番《いちばん》だよな、きっと」

「そうだな柊矢《しゅうや》よ、人間《にんげん》の脳《のう》と手足《てあし》は、おたがいを補《おぎな》うような関係《かんけい》にあるんだ……こんな助言《じょげん》しかできなくてすまない……」

ハリ太郎《たろう》がそんなことを言《い》いながら、まるくなってメソメソしている。

なるほどなかなか奥《おく》が深《ふか》い……おっといけない、感心《かんしん》してないで暗記《あんき》だ、暗記《あんき》。


【5、4、3、2、1、そこまで】


そんなカウントとともに、モニターの楽譜《がくふ》と手《て》もとの鍵盤《けんばん》が消《き》えた。

【それではこれより、解答時間《かいとうじかん》にうつります。5分以内《ふんいない》に、楽譜《がくふ》を完成《かんせい》させてください】

オレはどうにか4段《だん》の五線譜《ごせんふ》に、黒《くろ》い音符《おんぷ》や白《しろ》い音符《おんぷ》を書《か》きこんだ。

足《あし》をタンタンと鳴《な》らしてみる。

頭《あたま》から形《かたち》のイメージを掘《ほ》りおこし、手足《てあし》からは刻《きざ》みこんだメロディを再現《さいげん》する。

体《からだ》の全部《ぜんぶ》をフル活用《かつよう》だ！

※キミも答《こた》えてみよう！　次《つぎ》のページに解答欄《かいとうらん》があるよ。５分以内《ふんいない》に答《こた》えてね。

第《だい》2種目《しゅもく》

楽譜《がくふ》の記憶《きおく》

解答欄《かいとうらん》

そして、【楽譜《がくふ》の記憶《きおく》】の答《こた》え合《あ》わせが始《はじ》まる。

【書《か》いた楽譜《がくふ》に採点《さいてん》をくわえたものが画面《がめん》に出《で》てきます。通過者《つうかしゃ》と脱落者《だつらくしゃ》は、今回《こんかい》もモニターに表示《ひょうじ》されます】

「「ううっ、たのむぞ」」

オレとハリ太郎《たろう》のおがむ声《こえ》がぴったりそろった。

明日音《あすね》がいっぱい助《たす》けてくれたし、ここまできたら二人《ふたり》で第《だい》3種目《しゅもく》に進《すす》みたい！

ヴンっ
音《おと》と同時《どうじ》に、ぎゅっとつぶった目《め》を開《あ》ける。

正答率《せいとうりつ》95パーセント【CLEAR《クリア》】。そう書《か》いてある。

モニターには、5人《にん》の通過者《つうかしゃ》と4人《にん》の脱落者《だつらくしゃ》の名前《なまえ》が書《か》いてあった。

よし……！

チャンク化《か》で塊《かたまり》にできなかった部分《ぶぶん》に少《すこ》しだけ間違《まちが》いがあったけど。

でも95パーセントなんてすごい数字《すうじ》だ。ほとんど完璧《かんぺき》だよ！

両《りょう》ひざをポンとたたいて、となりの明日音《あすね》を見《み》る。

まさに明日音《あすね》も、まったく同《おな》じ動《うご》きでこっちを見《み》ていた。

うれしそうに、笑《わら》っている。クリアしたんだ。

「ひさしぶりにピアノっぽいもの弾《ひ》いたけど……やっぱり楽《たの》しかった。柊矢《しゅうや》のおかげだよ」

そう小《ちい》さくつぶやいた。そのはにかんだような表情《ひょうじょう》は、今日一番《きょういちばん》うれしそうに見《み》えた。

楽《たの》しいって思《おも》えたなら、きっと明日音《あすね》はまた、ピアノが弾《ひ》けるんじゃないかな。

なんとなくだけど、そんな気《き》がした。

「柊矢《しゅうや》の馬鹿正直《ばかしょうじき》さと友情《ゆうじょう》のパワーで、俺《おれ》のアドバイスなくともクリアだ……！　俺《おれ》は今《いま》、猛烈《もうれつ》に感動《かんどう》しているっ」

ハリ太郎《たろう》は頭《あたま》の上《うえ》で男泣《おとこな》きしていた。

―インターバル―

第《だい》2種目《しゅもく》が終了《しゅうりょう》。

【楽譜《がくふ》の記憶《きおく》】という内容《ないよう》に戸惑《とまど》った者《もの》も多《おお》く、メモリースポーツの経験者《けいけんしゃ》にも脱落者《だつらくしゃ》が出《で》ている。【数字《すうじ》の記憶《きおく》】でパーフェクトを取《と》った者《もの》もここで脱落《だつらく》した。

9人《にん》のうち、5人《にん》が残《のこ》った。

藤和怜央《とうわれお》、木下柊矢《きのしたしゅうや》、大石明日音《おおいしあすね》、原田優太朗《はらだゆうたろう》、松井美奈《まついみな》。

大石明日音《おおいしあすね》は精神的《せいしんてき》に無理《むり》かと思《おも》われたが、幼《おさな》なじみの木下柊矢《きのしたしゅうや》にはげまされたのか、きちんとクリアしたようだ。

こうした、友人同士《ゆうじんどうし》がもたらす精神的《せいしんてき》な効果《こうか》にも注目《ちゅうもく》すべきかもしれない。

ハリネズミのほうも、今《いま》は活動的《かつどうてき》にしているが「そろそろ」だと思《おも》われる。こちらにも同時《どうじ》に注意《ちゅうい》をはらうように。

次《つぎ》に、20分《ぷん》の休憩《きゅうけい》をはさむ。

今後《こんご》、第《だい》3種目《しゅもく》、そして決勝《けっしょう》の最終種目《さいしゅうしゅもく》にそなえ、例《れい》の「しこみ」を始《はじ》めてほしい。

モニター研究員各位《けんきゅういんかくい》、参加者《さんかしゃ》に気取《けど》られないように準備《じゅんび》を進《すす》めるように。

6 休憩《きゅうけい》！ ちょっとした異変《いへん》

脱落者《だつらくしゃ》が出《で》ていった後《あと》に、アナウンスが入《はい》った。

【頭《あたま》を使《つか》って疲《つか》れたことと思《おも》います。となりにリフレッシュルームを用意《ようい》しました。ここで20分《ぷん》の休憩《きゅうけい》を取《と》っていただきます】

へー。リフレッシュルーム。

そんなものがあるんだ。

オレはぜんぜん疲《つか》れてないけど、でも慣《な》れないことをやったのはたしかなので、ちょっと休《やす》みたい気《き》もする。

ヴンっ

開《ひら》いたドアの先《さき》には、ホテルのロビーみたいな明《あか》るい空間《くうかん》があった。

「うわー、すごい」

思《おも》わず歓声《かんせい》が出《で》てしまった。

ソファとテーブル。ドリンクサーバーにお菓子《かし》まである。

【木下柊矢《きのしたしゅうや》くん、大石明日音《おおいしあすね》さん、藤和怜央《とうわれお》くん、原田優太朗《はらだゆうたろう》くん、松井美奈《まついみな》さん。お疲《つか》れさまでした。この5人《にん》の中《なか》から、次《つぎ》の第《だい》3種目《しゅもく》で決勝戦《けっしょうせん》に進《すす》む二人《ふたり》にしぼります。しっかり休憩《きゅうけい》して、英気《えいき》をやしなってください】

マスターが告《つ》げる。

そっか。つまり次《つぎ》が、事実上《じじつじょう》の準決勝《じゅんけっしょう》ってことか。

しかし、それにしても。

明日音《あすね》以外《いがい》には知《し》り合《あ》いもいない状態《じょうたい》で、くつろげと言《い》われてもなぁ。

「ふん。どうせ僕《ぼく》が勝《か》って終《お》わるのに、休憩《きゅうけい》なんて意味《いみ》があるとは思《おも》えないね」

……怜央《れお》は相変《あいか》わらずこの調子《ちょうし》だしさぁ……。

「ま、いっか！　せっかくお菓子《かし》もあるし、休《やす》もっと！」

あまり深《ふか》くは考《かんが》えず、ボスっとソファに座《すわ》ってみた。

みんなもそれにつづいて、おずおずとくつろぎはじめる。

「さっきからずっと気《き》になってたんだけど……それ、ハリネズミだよね、かわいいね」

むかいに座《すわ》った男子《だんし》から声《こえ》をかけられた。

オレでも怜央《れお》でもない男子《だんし》、ということは、こいつの名前《なまえ》は優太朗《ゆうたろう》、ってことだよな。

「おう。うちで飼《か》ってたんだ」

「飼《か》われていたんだ！」

ハリ太郎《たろう》が胸《むね》を張《は》る。

「そんなになつくんだね……放《はな》し飼《が》いにして平気《へいき》なの？」

「平気《へいき》だよ、こいつはなんていうか……かしこいから」

「そうなんだ、すごいね……ふぁぁぁぁぁあ」

優太朗《ゆうたろう》は大《おお》きなあくびをした。

「ごめん、僕今日《ぼくきょう》、朝《あさ》イチで静岡《しずおか》から来《き》たんだ。早起《はやお》きしたから眠《ねむ》くて」

「そんな遠《とお》くから？」

明日音《あすね》じゃないほうの女子《じょし》、つまり美奈《みな》がおどろく。

「あ、じゃあさ、目《め》が覚《さ》めるドリンク作《つく》ろうぜ、コーラに栄養《えいよう》ドリンクまぜるとうまいんだよ」

オレは立《た》ちあがってドリンクサーバーの前《まえ》に行《い》く。

「もー、やめなよ行儀悪《ぎょうぎわる》い」

とあきれつつ、明日音《あすね》もカップを手《て》に取《と》る。

「オレンジ入《い》れるとちょっとフルーティーになってうまいんだって」

「うそだぁ！　でもやってみよ」

「なんかすごい色《いろ》の飲《の》み物《もの》できちゃった……」

「やれやれ。子《こ》どもだな。緊張感《きんちょうかん》がなさすぎて嫌《いや》になる」

怜央《れお》はあきれたように言《い》ったきり、すみのほうで座《すわ》ったまま目《め》を閉《と》じていた。

こっちにはまったく興味《きょうみ》をむけない。

ていうか、おまえも子《こ》どもだろ、中学生《ちゅうがくせい》だけど……。

「ハリネズミはお菓子《かし》食《た》べないの？　何《なに》かあげてみたいな」

美奈《みな》がクッキーの袋《ふくろ》を開《あ》けながらたずねる。

「こいつが食《た》べるのは、ペットフードとか、あと、虫《むし》だよ、しかも生《い》きてるやつ」

家《いえ》にいた時《とき》はちゃんと食《た》べさせてやってたんだぞ。

「そうだ！　生《い》きてぴちぴちしてる虫《むし》が好《す》きだ！　腹《はら》の部分《ぶぶん》がジューシーで特《とく》にうまい」

ハリ太郎《たろう》がまた胸《むね》を張《は》る。

「そうなんだ……私《わたし》は虫《むし》が嫌《きら》いだから飼《か》えないな……」

美奈《みな》は残念《ざんねん》そうに、ハリ太郎《たろう》をつんつんしている。

と、なんだかんだで休憩《きゅうけい》はそれなりになごやかに過《す》ぎていった。

みんなとちょっと打《う》ち解《と》けた感《かん》じがするし、楽《たの》しいといえば、楽《たの》しい。

でも、次《つぎ》の種目《しゅもく》では当《あ》たり前《まえ》にライバルだし、この中《なか》から決勝《けっしょう》に行《い》けるのは二人《ふたり》だけなんだ。

決勝《けっしょう》かぁ。いったい誰《だれ》が勝《か》ちあがるんだろうな……

やっぱり順当《じゅんとう》に行《い》くと怜央《れお》ともう一人《ひとり》、だと思《おも》う。

でも、こいつと1対《たい》1では戦《たたか》いたくない。

やっぱ明日音《あすね》とがいいよなぁ。そしたらどっちかは勝《か》てるわけだし。

とはいえ、それもちょっと、気《き》まずいか？

「まあとにかく次《つぎ》で勝《か》たないことには始《はじ》まらないよな。な、ハリ太郎《たろう》！」

と頭上《ずじょう》のハリ太郎《たろう》にむかって声《こえ》をかける。

ここまで来《き》たら絶対勝《ぜったいか》ちたいし！

「……ぷすぅ」

しかしハリ太郎《たろう》から返《かえ》ってくるのは、しまりのないそんな声《こえ》だった。

「ハリ太郎《たろう》？」

なぜかくったりしているハリ太郎《たろう》を頭《あたま》からおろして、その顔《かお》をのぞきこむ。

ほんの少《すこ》し前《まえ》まで、元気《げんき》に虫《むし》を食《た》べる話《はなし》をしていたのに。

「具合《ぐあい》でも悪《わる》いのか？」

「むぅ……急《きゅう》に眠気《ねむけ》が……なぜだ……」

そのつぶらな目《め》がとろんとしている。

「虫食《むした》べてないから元気《げんき》でないのか？」

「そういうのではなく……とてもとても眠《ねむ》い……柊矢《しゅうや》……だいじな話《はなし》があるんだ、聞《き》いてくれ……」

「えっ？」

「イクスメビウス社《しゃ》は……を……で……してるから……油断《ゆだん》したらダメ……ここは、危険《きけん》……」

「ん？　なんだって？」

「ぴゅすぅ」

それきりコテンと、寝《ね》てしまった。

ハリネズミの無邪気《むじゃき》な寝顔《ねがお》は、とてもかわいい。

別《べつ》に病気《びょうき》とかではなさそうだ。

「……けど、なんかよくわかんないこと言《い》ってたな。イクスメビウス社《しゃ》に気《き》をつけろ、とか、油断《ゆだん》しちゃダメ、とか……」

そういえばハリ太郎《たろう》は、この会社《かいしゃ》のことを調《しら》べてる、とか言《い》ってたっけ？

あれって結局《けっきょく》、どういう意味《いみ》だったんだろう。

それにしても、オレの師匠《ししょう》気取《きど》りだったのに肝心《かんじん》な時《とき》に寝《ね》ちゃうなんてな。

まぁいいか、さっきはハリ太郎《たろう》の助言《じょげん》なしでも勝《か》ったんだ。

次《つぎ》だってやれるはずだ！

☆

ジュースはうまかったし、テーブルのお菓子《かし》もすべてなくなった。

すっかり疲《つか》れも緊張《きんちょう》も取《と》れたころ、ちょうど休憩《きゅうけい》が終《お》わる。

【みなさん、しっかり休《やす》むことができましたか？　ではこれより第《だい》3種目《しゅもく》を始《はじ》めたいと思《おも》います。壁《かべ》から出《で》てくるタブレットをお取《と》りください】

マスターが告《つ》げると、ヴンっ、と壁《かべ》に四角《しかく》い穴《あな》があいた。

たしかに五枚《まい》、タブレットが入《はい》っている。

電源《でんげん》は入《はい》っていない。

【次《つぎ》の種目《しゅもく》は、『迷路《めいろ》の記憶《きおく》』です。ここまで勝《か》ちあがったみなさんのために、とびきりの難問《なんもん》を用意《ようい》しました】

……迷路《めいろ》の記憶《きおく》？　しかも難問《なんもん》？

―インターバル―

20分《ぷん》の休憩《きゅうけい》が終了《しゅうりょう》。

参加者《さんかしゃ》の様子《ようす》をモニターし、緊張《きんちょう》の様子《ようす》や関係性《かんけいせい》などのデータを取《と》った。

これで【しこみ】は終了《しゅうりょう》した。最終種目《さいしゅうしゅもく》まで細心《さいしん》の注意《ちゅうい》をはらってほしい。

また、実験体《じっけんたい》ハリネズミの昏睡《こんすい》を確認《かくにん》した。

これまでは興味深《きょうみぶか》いので自由《じゆう》にさせていたが、そろそろ競技《きょうぎ》への口出《くちだ》しをやめさせたい。

ハリネズミの脳《のう》にだけ作用《さよう》する催眠波《さいみんは》をこっそりと送《おく》りこんだので、しばらく起《お》きないだろう。

このハリネズミは、スキを見《み》て回収《かいしゅう》する。こちらも適切《てきせつ》なタイミングでかかれるよう、準備《じゅんび》を始《はじ》めるように。

第《だい》3種目《しゅもく》の【迷路《めいろ》の記憶《きおく》】は、一癖《ひとくせ》ある問題《もんだい》になっている。

カメラアイの持《も》ち主《ぬし》でも、これまでと同《おな》じようには解《と》けないかもしれない。

7 迷路《めいろ》！ オレは今《いま》どこに？

【5人《にん》の参加者《さんかしゃ》のみなさん。このビルの外《そと》の広場《ひろば》に、巨大《きょだい》な迷路《めいろ》を造《つく》りました】

迷路《めいろ》を……造《つく》った？

【大型《おおがた》3D《スリーディー》プリンターで造《つく》った、五《いつ》つの迷路《めいろ》です】

へぇー。すごい。

そんなものまで用意《ようい》できちゃうんだな。

【まずは迷路《めいろ》の図《ず》を見《み》て、それを解《と》いてもらいます。そして実際《じっさい》に、その迷路《めいろ》に入《はい》り、ゴールをめざします。今回《こんかい》は決勝《けっしょう》に進出《しんしゅつ》する人《ひと》を決《き》めるので、ゴールしたのが早《はや》い人《ひと》を勝《か》ちとします。当然《とうぜん》、勝《か》ち残《のこ》れるのは上位《じょうい》の2名《めい》だけ。やみくもに動《うご》くより、時間内《じかんない》にきちんと迷路《めいろ》を解《と》いて正解《せいかい》のルートを覚《おぼ》えたほうが、圧倒的《あっとうてき》に有利《ゆうり》です】

なるほど、そういう決《き》め方《かた》なのか……。

つまり、巨大迷路《きょだいめいろ》の図《ず》を見《み》て、ルートを覚《おぼ》えて、実際《じっさい》にくぐり抜《ぬ》ける。

シンプルといえば、シンプルなルールだ。

「これもまたはりあいがないな。僕《ぼく》の能力《のうりょく》をもってすれば、迷路《めいろ》だってすぐに抜《ぬ》けられる」

とまたしても怜央《れお》が言《い》う。

こいつのカメラアイがあれば、頭《あたま》の中《なか》の正解図《せいかいず》を見《み》ながら走《はし》れるってことだ。

楽譜《がくふ》と同《おな》じで負《ま》けようがない。

怜央《れお》に勝《か》つには、かなり速《はや》いスピードで迷路内《めいろない》を走《はし》りぬけるほかにないと思《おも》う。

迷路《めいろ》……迷路《めいろ》か。

「オレ、遊園地《ゆうえんち》にあるやつで迷《まよ》ったことあるんだよなぁ、小《ちい》さいころ」

「あ、昔《むかし》おばさんが言《い》ってた。わんわん泣《な》いて係《かかり》の人《ひと》に助《たす》けてもらったんでしょ」

「……なんで知《し》ってんだよ」

親《おや》ってのは、ほんとに口《くち》が軽《かる》いよな。いくらおとなりさんだからって。

「でも、どうしよう。タブレットの画面《がめん》で覚《おぼ》えた迷路《めいろ》に実際《じっさい》に入《はい》るのってちょっと難《むずか》しそう。私《わたし》、地図《ちず》とかパッと読《よ》めないタイプだし……」

明日音《あすね》が不安《ふあん》そうに言《い》った。

たしかにこれって、今《いま》までとはちょっと勝手《かって》が違《ちが》う問題《もんだい》だよな。

平面《へいめん》で覚《おぼ》えて、立体《りったい》の空間《くうかん》に入《はい》っていくわけだから……脳《のう》みそが混乱《こんらん》しそうだ。

【何《なに》か質問《しつもん》はありますか……？　ありませんね。では今《いま》から、みなさんの持《も》っているタブレットに図面《ずめん》を送信《そうしん》します】

パッとタブレットの電源《でんげん》が入《はい》る。

そこには【ルート3】という文字《もじ》と、大《おお》きな迷路《めいろ》の図面《ずめん》が出《で》てきた。

※キミも挑戦《ちょうせん》してみよう！　次《つぎ》のページに迷路《めいろ》が出《で》てくるよ。出口《でぐち》までのルートを解《と》いてね。

第《だい》3種目《しゅもく》
迷路《めいろ》の記憶《きおく》

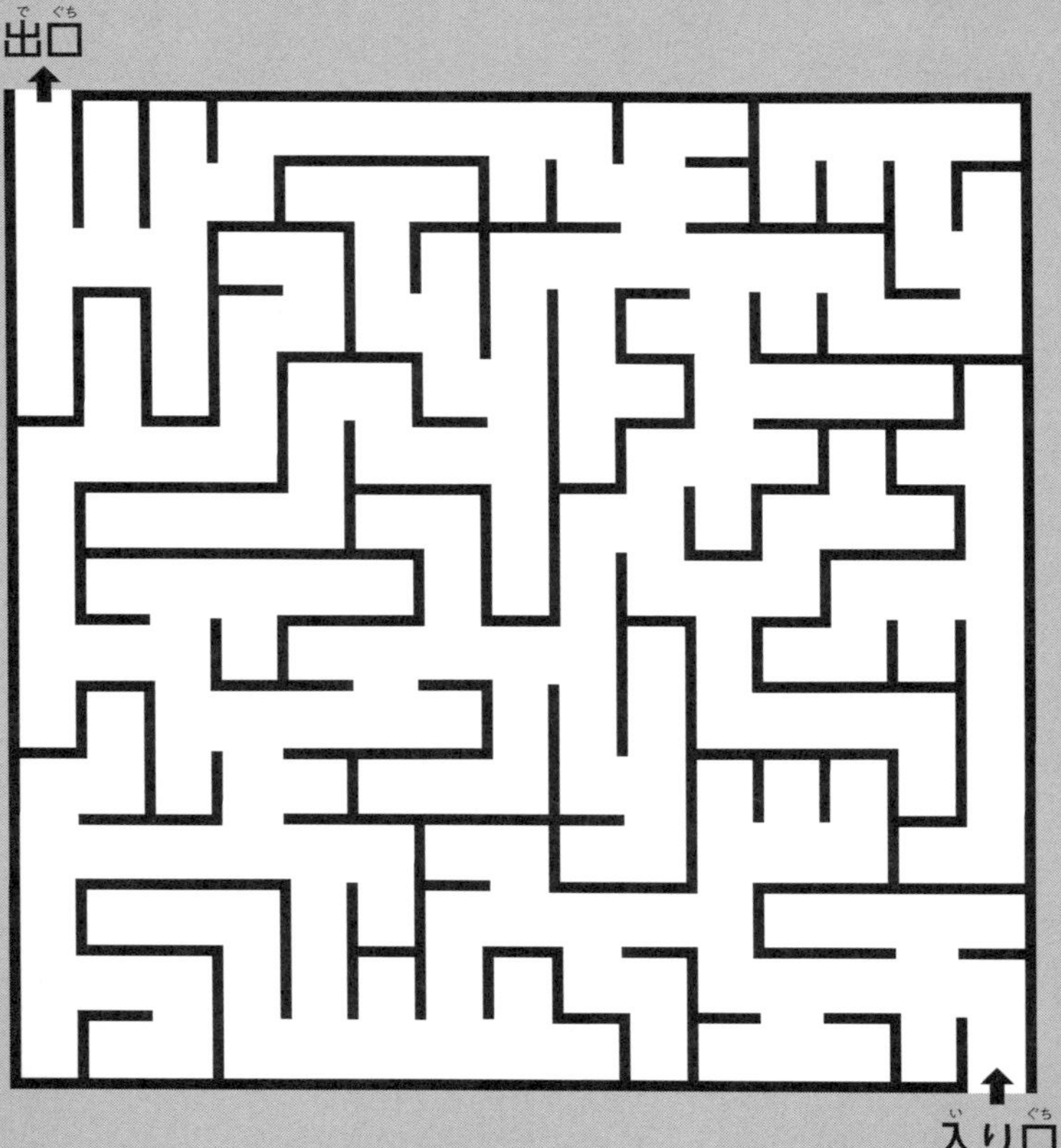

「うわっ、けっこう細《こま》かいルートだな……」

や、ややこしい！

右《みぎ》、左《ひだり》、右《みぎ》……と方向《ほうこう》で覚《おぼ》えようとするが、そんなにいくつもは覚《おぼ》えられない。

み、ひ、み、とか頭文字《かしらもじ》にして覚《おぼ》える量《りょう》をへらそうか。

いろんな方法《ほうほう》を考《かんが》えながら、とりあえず迷路《めいろ》の方《ほう》はゴールした。

「よし、あとはこのルートをどうやって完全《かんぜん》に頭《あたま》に入《い》れるか……形《かたち》で覚《おぼ》えてみようかな」

とおったルートをざっくりした形《かたち》として頭《あたま》に入《い》れつつ、細《こま》かい分《わ》かれ道《みち》のほうも、どうにか覚《おぼ》えていこう。

明日音《あすね》も、優太朗《ゆうたろう》も美奈《みな》も、こまったような顔《かお》でタブレットをひっくり返《かえ》したり、指《ゆび》でルートをなぞったりしている。

怜央《れお》は当《あ》たり前《まえ》に余裕《よゆう》しゃくしゃくって感《かん》じだ。

とにかく、ハリ太郎《たろう》は寝《ね》ているわけだし。

難《むずか》しいけど、頑張《がんば》って覚《おぼ》えるぞ！

「うわぁー」

エレベーターに乗《の》って1階《かい》におり、たどりついた広場《ひろば》。

そこに広《ひろ》がった光景《こうけい》に、オレたちは思《おも》わず息《いき》をのんだ。

「すっげぇー！　ほんとに迷路《めいろ》がある」

公園《こうえん》みたいに広々《ひろびろ》とした敷地《しきち》をまるまる使《つか》った、ほんとに巨大《きょだい》な迷路《めいろ》だった。

ちゃんと屋根《やね》もついていて、入《い》り口《ぐち》が五《いつ》つ並《なら》んでいる。

【迷路《めいろ》のコースは一《ひと》つひとつ違《ちが》いますが、距離《きょり》と難易度《なんいど》は同《おな》じになるよう調整《ちょうせい》してあります】

オレたちは、それぞれに割《わ》り当《あ》てられた迷路《めいろ》の入《い》り口《ぐち》に立《た》つ。

オレが3で明日音《あすね》が2だ。

【先《さき》ほども説明《せつめい》したとおり、早抜《はやぬ》けで1位《い》と2位《い》に入《はい》った人《ひと》が勝《か》ちです。途中《とちゅう》で迷《まよ》って、どうしてもダメだと思《おも》った場合《ばあい》は、助《たす》けを呼《よ》べばリタイアが可能《かのう》です】

つまりは、もたもたしないでさっと走《はし》りぬけないとダメってことだ。

よっしゃ！　サッカーで鍛《きた》えたオレの俊足《しゅんそく》がうなるぜ！

【では、『迷路《めいろ》の記憶《きおく》』を始《はじ》めます。みなさんの無限《むげん》の記憶力《きおくりょく》、秘《ひ》めた能力《のうりょく》に期待《きたい》しています。5、4、3、2、1、スタート！】

ダッ

全員《ぜんいん》、迷路《めいろ》の中《なか》にかけこんでいく。

オレも走《はし》って最初《さいしょ》の分《わ》かれ道《みち》を曲《ま》がり、さらに少《すこ》し走《はし》ったその時《とき》だ。

ガン！

「！　ヴぇっ」

痛《いた》い！

目《め》の前《まえ》にでっかい火花《ひばな》が散《ち》る。

すぐ前《まえ》にそびえていた壁《かべ》に、思《おも》いっきりひたいをぶつけた。

「つっつってぇ――――！」

転《ころ》ぶのはどうにかこらえたけど、ものすごい衝撃《しょうげき》だった。

うおお……とうめきながら、ひたいをおさえてうずくまる。

オレの記憶《きおく》だと、最初《さいしょ》の曲《ま》がり角《かど》の先《さき》にあるのは通路《つうろ》だったんだけどな。

どうやら間違《まちが》ってたみたいだ……

ああもう！　思《おも》いっきりいったぞ！　すげー痛《いた》い！

「ち、ちょっと柊矢《しゅうや》、何《なに》!!　今《いま》のすごい音《おと》！　大丈夫《だいじょうぶ》？」

となりの巨大迷路《きょだいめいろ》から明日音《あすね》が声《こえ》をはりあげる。

「だ、大丈夫《だいじょうぶ》、思《おも》いっきり壁《かべ》に頭《あたま》をぶつけた」

「何《なに》やってんの？　もう！　気《き》をつけてよほんとに！」

「お、おう……心配《しんぱい》かけて悪《わる》いな……」

ちょっとのあいだじっとしていたら、痛《いた》みは少《すこ》しずつ引《ひ》いていった。

かわりに、たんこぶがぷくっと盛《も》りあがる。

ハリ太郎《たろう》も、ポケットに入《い》れてたからどうにか無事《ぶじ》だ。

「よし、気《き》を取《と》りなおして」

オレは急《いそ》いで、走《はし》りだそうとした。しかし。

あれ？

んんん？　……おかしいな。

思《おも》いだせない。

さっきまで頭《あたま》にたたきこんで、ある程度《ていど》は覚《おぼ》えたはずのルートが。

まったく、出《で》てこない。

「……なんでだ？」

も、も、もしかしてだけど。

頭《あたま》打《う》ったショックでふっ飛《と》んだのか？

「えええええええ！」

記憶喪失《きおくそうしつ》ってことか？　まさかぁ！

「オレは木下柊矢《きのしたしゅうや》……ここはイクスメビウス本社《ほんしゃ》ビル……昨日《きのう》の晩《ばん》メシはカツ丼《どん》……1たす1は2、2たす2は4」

だ、大丈夫《だいじょうぶ》だ。大切《たいせつ》なことはちゃんと覚《おぼ》えてる。計算《けいさん》もできる。

でもやっぱり、迷路《めいろ》の正解《せいかい》は出《で》てこない。

いやいや、落《お》ち着《つ》け。平常心《へいじょうしん》平常心《へいじょうしん》。

「大丈夫《だいじょうぶ》……深呼吸《しんこきゅう》しろ、深呼吸《しんこきゅう》」

大《おお》きく息《いき》を吸《す》って、吐《は》く。

ポケットに手《て》をつっこんで、寝《ね》ているハリ太郎《たろう》の、むにっとしたおなかにも触《さわ》ってみた。

「ぴゅす……うん……くすぐったいぞ……」

あったかい……ふー、よし。落《お》ち着《つ》いた。

精神集中《せいしんしゅうちゅう》して、思《おも》いだすんだ、もう一度《いちど》。

「………………ダメだ」

すこん、とまるでだるま落《お》としでふっ飛《と》ばしたみたいに。

何《なに》もかもすっかりと、記憶《きおく》が抜《ぬ》けおちていた。

全身《ぜんしん》からぶわっと、汗《あせ》がふきだすような感覚《かんかく》がした。

「うわ、ヤバ……忘《わす》れちゃった」

呆然《ぼうぜん》と立《た》ちつくしてしまう。

どこだ？　オレの記憶《きおく》はいったいどこに消《き》えてしまったんだ？

と、とにかく前《まえ》には進《すす》まないといけない。

一《ひと》つずつでも思《おも》いだして歩《ある》こう、左《ひだり》、まっすぐ、つきあたりを右《みぎ》、次《つぎ》は？

えっと……えっと、……。

ダメだ、出《で》てこない！

とりあえず、動《うご》いてみるか？　歩《ある》いたら思《おも》いだすかもしれない。

オレはあたりを少《すこ》し、歩《ある》いてみた。

まわりにはただ、同《おな》じ壁《かべ》だけが延々《えんえん》つづいている。

「ダメだ、何《なに》もわからない……あてずっぽうじゃ解《と》けない」

一回《いっかい》スタートに戻《もど》って、落《お》ち着《つ》いて思《おも》いだしたほうがいいかもしれない。

と思《おも》って、そこでピタリと足《あし》がとまる。

スタートに戻《もど》るには、どうしたらいいんだ？

やみくもに歩《ある》いたから、自分《じぶん》がどこにいるのかわからなくなってしまった。

「オレ……もしかして……迷子《まいご》？」

「柊矢《しゅうや》？　いま迷子《まいご》って言《い》った？　どうしたの？」

壁《かべ》のむこうから、また明日音《あすね》の声《こえ》がした。

「いやオレ……忘《わす》れちゃって」

「忘《わす》れた？」

「今《いま》の壁《かべ》にぶつかったショックで、迷路《めいろ》の記憶《きおく》だけがピンポイントですっぽ抜《ぬ》けた」

「う、ううう、うそ！　それって大変《たいへん》じゃない！　体平気《からだへいき》なの？　ちゃんと手《て》とか動《うご》いてる？」

「そこは平気《へいき》なんだけど、ダメだ、さっぱり思《おも》いだせない」

明日音《あすね》が一瞬《いっしゅん》、絶句《ぜっく》した。

「ど、どうにかして、思《おも》いだせないの？　今《いま》いるところがわかるヒントとかはない？」

「……なんか、頭《あたま》、真《ま》っ白《しろ》で。今《いま》、思《おも》いだせないか頑張《がんば》ってんだけど」

ぱたぱたと、迷路《めいろ》のあちこちから小《ちい》さく足音《あしおと》が聞《き》こえてくる。

みんな、ゴールにむかって走《はし》ってるんだ。

オレだけに、記憶《きおく》がない。せっかく覚《おぼ》えたのに。

まわりにあるのは特徴《とくちょう》のない白《しろ》い壁《かべ》ばかり。

どこをとおってきたのかもよくわからない。

ゴールがどっちの方角《ほうがく》にあるのかすら、わからなくなってしまった。

「頑張《がんば》ってみてよ！　どうせなら一緒《いっしょ》に決勝《けっしょう》いきたいし！」

「おう……」

返事《へんじ》して、とにかく少《すこ》しでも、足《あし》を動《うご》かしてみる。

三《みっ》つにわかれた道《みち》に来《き》てしまった。

一《ひと》つひとつ総当《そうあ》たりしてたら多分《たぶん》間《ま》に合《あ》わない。正《ただ》しいルートを思《おも》いださないと。

でも！　ぜんぜん思《おも》いだせない。

これは……ダメかもしれない。

「明日音《あすね》、こりゃオレ、無理《むり》かも」

「なんでそんなこと言《い》うの、さっきまであんなに元気《げんき》だったのに！」

「いやだって……忘《わす》れちゃったし。すっげー悔《くや》しいけどさ」

と、思《おも》わず唇《くちびる》をかんだ時《とき》だった。

「バカ――――！」

うおっ！

めちゃくちゃでかい声《こえ》だ！

「なんでそんな弱気《よわき》なの、柊矢《しゅうや》らしくない」

「だって、覚《おぼ》えた内容《ないよう》ぜんぶふっ飛《と》んじゃったし！　オレ今迷子《いままいご》だし！」

「でも……でも、頑張《がんば》って思《おも》いだせばいいじゃん！　さっきはあんな恥《は》ずかしいことをさせたくせに！」

「その言《い》い方《かた》、誤解《ごかい》をまねくだろ！　一《ひと》つのイスに座《すわ》ってピアノ弾《ひ》いただけじゃん！」

「バカ！　思《おも》いだしたら余計恥《よけいは》ずかしくなるでしょ！　バカ！」

「何回《なんかい》もバカって言《い》うなよ！」

「もういいから、頑張《がんば》って思《おも》いだして！　とにかくヒント探《さが》してよ！　柊矢《しゅうや》！」

怒鳴《どな》られてオレは呆気《あっけ》に取《と》られる。

明日音《あすね》とは長《なが》いつきあいだけど、こんな感情《かんじょう》むきだしの大声《おおごえ》、初《はじ》めて聞《き》いたかもしれない。

けっこう……いや、かなり、びっくりした。

「私《わたし》、決勝《けっしょう》は柊矢《しゅうや》と1対《たい》1で、力《ちから》いっぱい戦《たたか》いたい。だから棄権《きけん》しないでほしい！」

「明日音《あすね》……」

そっか……そうだよな。
オレもやっぱり、決勝《けっしょう》は明日音《あすね》とがいい。
だからこの種目《しゅもく》も、全力《ぜんりょく》で、正々堂々《せいせいどうどう》と、気合《きあ》いを入《い》れて、勝《か》たなきゃダメだ。
もう一度《いちど》、地図《ちず》を思《おも》いだそう。
「あ！」
そこでぼやっと、頭《あたま》の中《なか》に地図《ちず》の画像《がぞう》が、戻《もど》ってきた。
さっきじっと見《み》ていたタブレットの場面《ばめん》。
チカッと頭《あたま》の奥《おく》に、それが一瞬《いっしゅん》だけ戻《もど》ってきたような気《き》がした。
でもそれはまた、すぐ消《き》えそうになってしまう。
「戻《もど》ってこい戻《もど》ってこい！　戻《もど》ってこいオレの記憶《きおく》！」
たった今明日音《いまあすね》にされたのと同《おな》じように、怒鳴《どな》った。
雑念《ざつねん》をはらうみたいにひたすら戻《もど》ってこい！　と叫《さけ》ぶ。
余計《よけい》なことを考《かんが》えないようにして、人生《じんせい》で一番《いちばん》ってくらい、頭《あたま》をとぎすませた。
ふっ、と頭《あたま》の中《なか》に、少《すこ》しクリアな図《ず》がうかぶ。

今《いま》ならどうにかして、手繰《たぐ》り寄《よ》せられるかもしれない。忘《わす》れちゃった記憶《きおく》を。

「よし、行《い》くわ！　サンキュー明日音《あすね》！」

とにかく無我夢中《むがむちゅう》で走《はし》りながら、記憶《きおく》をぼんやりとでも取《と》りもどしていく。それしかない。

今度《こんど》はひたいをぶつけないように慎重《しんちょう》な足《あし》どりで、でも急《いそ》いで前《まえ》に進《すす》んだ。

「あーもー……ここって袋小路《ふくろこうじ》じゃん……あれ？」

まだ完全《かんぜん》には思《おも》いだせてないけど。

頭《あたま》の中《なか》の図《ず》が、じわりと形《かたち》を持《も》った。

右下《みぎした》にある小《ちい》さな個室《こしつ》が三《みっ》つ並《なら》んだような場所《ばしょ》。

オレがいるのもそのあたりだ。

そのことを思《おも》いだした瞬間《しゅんかん》に、ビビッとひらめく。

迷路《めいろ》のビジュアルが一気《いっき》にくっきりしていく。

しかも、平面《へいめん》じゃなくて、立体《りったい》でだ。

ちょうど、ゲームのダンジョンの地図《ちず》を見《み》たら、それが3D《スリーディー》モデルになって目《め》の前《まえ》に現《あらわ》れるみたいに。

ゴールの場所《ばしょ》もわかった。一気《いっき》に線《せん》がつながるような感覚《かんかく》がある。

「おっ……イケるじゃん！」

まさにダンジョンを攻略《こうりゃく》するように、頭《あたま》の中《なか》のマップにしたがってかける。

不思議《ふしぎ》な感覚《かんかく》だけど、新《あら》たなスキルが覚醒《かくせい》したみたいで気持《きも》ちよかった。

脳《のう》みそ使《つか》ってる！　って感《かん》じがする。

ゴールは確実《かくじつ》に、ぐいぐい近《ちか》づいている。

迷路《めいろ》の中《なか》には、みんなの足音《あしおと》がひびいている。

「そろそろゴールだ。簡単《かんたん》だったな。僕《ぼく》の頭《あたま》には正《ただ》しい図面《ずめん》が常《つね》にある。これにしたがえば負《ま》けることはない」

怜央《れお》のそんな声《こえ》も、かすかに聞《き》こえた。

1位《い》はやっぱり……こいつで決《き》まるのか？

いやまだあきらめないぞ！　勝負《しょうぶ》は最後《さいご》まで決《き》まらない！

そんな時《とき》なのに、オレは行《い》き止《ど》まりに出《で》てしまった。

でも、もう、弱気《よわき》にはならない。また必死《ひっし》で思《おも》いだす。そして走《はし》る。

最後《さいご》まであきらめないつもりだった。とにかく進《すす》め！　それっきゃない！


ゴールには、真《ま》っ赤《か》なランプがついていた。

あのドアをくぐったらゴールだ！

体《からだ》をぐいぐい前《まえ》に出《だ》して、ちょっとくらい壁《かべ》にぶつかっても気《き》にしないで、とにかく猛《もう》ダッシュ。


ダッ！

ゲートをくぐると、ピッと小《ちい》さな音《おと》がした。

「柊矢《しゅうや》！」

すぐとなりのゲートから、明日音《あすね》が飛《と》びだしてきた。

オレとほぼ同《おな》じタイミングでゴールに入《はい》ったようだった。

周囲《しゅうい》には、あとの3人《にん》の姿《すがた》はない。

オレと明日音《あすね》が、1位《い》と2位《い》を取《と》ったのか？

それとも、もうほかの誰《だれ》かがゴールしてるのか？　どっちだろう。

「何位《なんい》？　オレは何位《なんい》だったんだ？」

思《おも》わず切羽詰《せっぱつ》まった声《こえ》で言《い》った時《とき》、木陰《こかげ》からすっと誰《だれ》かが出《で》てきた。

怜央《れお》だ。

「へえ。きみたちのどちらかが2位《い》とはね」

……つまり、やっぱり1位《い》は怜央《れお》だったんだな。

頑張《がんば》って追《お》いあげたつもりだったのに、悔《くや》しい。

「私《わたし》たち……どっちが早《はや》かったの？」

息《いき》を切《き》らしながら、二人《ふたり》で結果《けっか》を待《ま》つ。

【決勝進出者《けっしょうしんしゅつしゃ》が決《き》まりました。2位《い》でゴールしたのは木下柊矢《きのしたしゅうや》くんです】

アナウンスされた瞬間《しゅんかん》、ひざからがくっとへたりこんだ。

勝《か》った……どうにか勝《か》った……やったよオレ……

あ、でも。

「明日音《あすね》、ごめんな、オレにかまわなければ、おまえが2位《い》だったのに」

「何《なに》言《い》ってんの。柊矢《しゅうや》がいてくれなかったら私《わたし》は【楽譜《がくふ》の記憶《きおく》】で負《ま》けてたんだし。これでおあいこ」

明日音《あすね》は笑顔《えがお》で言《い》って、手《て》のひらを出《だ》した。

こたえるように、パンと叩《たた》く。

「頑張《がんば》ってね。柊矢《しゅうや》。ちゃんと決勝《けっしょう》で勝《か》ってよ」

「おう！　賞金《しょうきん》取《と》ったら、明日音《あすね》んちと合同《ごうどう》で焼《や》き肉《にく》食《た》べ放題《ほうだい》行《い》こうな！」

「なんですぐそうやって無駄《むだ》づかいすんの！　貯金《ちょきん》しなよ！」

笑《わら》いあっていると、美奈《みな》、それから少《すこ》したって優太朗《ゆうたろう》もゴールしてきた。

「あー、ダメだったぁ、みんな早《はや》いよ」

「ビリになっちゃった。せっかく静岡《しずおか》から来《き》たのになぁ……」

そんな声《こえ》を聞《き》いていると、マスターが現《あらわ》れた。

【順位《じゅんい》が確定《かくてい》しましたので、これよりラストゲームの問題《もんだい》の作成《さくせい》にうつります。怜央《れお》くんと柊矢《しゅうや》くんは、今一度《いまいちど》、リフレッシュルームへどうぞ】

「問題《もんだい》を作《つく》る？　どういうことだ？」

すでに涼《すず》しい顔《かお》で待《ま》っていた怜央《れお》が、小《ちい》さくつぶやく。

問題《もんだい》を作《つく》るっていうのがどういう意味《いみ》なのかわからないけど、これで……ようやく決勝《けっしょう》だ！

「ムッ！　俺《おれ》は今《いま》まで何《なに》を！」

ぴょこりとハリ太郎《たろう》が、ポケットから顔《かお》を出《だ》す。

「起《お》きたのか？　オレ勝《か》ったんだぞ、いろいろあったけど」

「……………そうか……すまない柊矢《しゅうや》よ……俺《おれ》を許《ゆる》してくれ……くっ」

と、なげきながら、また引《ひ》っこんでしまった。

―インターバル―

第3種目《だいしゅもく》が終了《しゅうりょう》。

次《つぎ》の種目《しゅもく》でこの大会《たいかい》も終《お》わる。今回《こんかい》は非常《ひじょう》にいいデータが取《と》れた。今後《こんご》の【X計画《エックスけいかく》】を進《すす》めるに十分《じゅうぶん》だ。決勝戦《けっしょうせん》は怜央《れお》と柊矢《しゅうや》の対決《たいけつ》になる。メモリースポーツの公式《こうしき》チャンピオンと、めきめき力《ちから》をのばした初心者《しょしんしゃ》。特《とく》に柊矢《しゅうや》は目《め》をみはる活躍《かつやく》ぶりだった。彼《かれ》には、まだ開花《かいか》しきっていない未知数《みちすう》の能力《のうりょく》があるかもしれない。

最後《さいご》は、性格《せいかく》も対照的《たいしょうてき》な二人《ふたり》にぴったりの勝負《しょうぶ》を用意《ようい》した。この種目《しゅもく》は、我々専門家《われわれせんもんか》にも、どちらが勝《か》つのかわからない。絶対攻略不可能《ぜったいこうりゃくふかのう》な「カメラアイの天才《てんさい》」を、あるいは柊矢《しゅうや》ならば打《う》ちやぶるかもしれない。

8 決戦《けっせん》！ 絶対《ぜったい》に勝《か》つ

真《ま》っ暗《くら》だった部屋《へや》にポッ、と明《あ》かりがともった。

ここは決戦会場《けっせんかいじょう》。

オレと怜央《れお》の二人《ふたり》きりだ。

部屋《へや》の真《ま》ん中《なか》に机《つくえ》が二《ふた》つ、むきあう形《かたち》になっている。

とりあえず座《すわ》ってみる……怜央《れお》はいつもの、つまらなそうな顔《かお》だ。

こいつと真正面《ましょうめん》からむきあうの、なんか緊張《きんちょう》するんだよなぁ……。

それにしても最終種目《さいしゅうしゅもく》がなんなのか、見当《けんとう》もつかない。

「ううーん、まだちょっと頭《あたま》がぼんやりするぞ」

ハリ太郎《たろう》はぷるぷると体《からだ》を振《ふ》っている。

「いったいどうして急《きゅう》に眠《ねむ》くなったんだ？　まさか、あいつらが……」

「ハリ太郎《たろう》？　何《なに》ぶつぶつ言《い》ってんだ？」

「なんでもないぞ、いよいよ決勝《けっしょう》だが、どんな種目《しゅもく》でも心配《しんぱい》するな！　俺《おれ》がついているぞ。さっきは何《なに》も助言《じょげん》できなかったから、ここで面目躍如《めんもくやくじょ》だ！」

頭《あたま》の上《うえ》に戻《もど》ってきて、やる気十分《きじゅうぶん》だった。

マスターが現《あらわ》れて、言《い》う。

【大変《たいへん》お待《ま》たせいたしました。今日一日《きょういちにち》、四《よっ》つの種目《しゅもく》で勝《か》ちぬいた木下柊矢《きのしたしゅうや》くん。藤和怜央《とうわれお》くん。おめでとうございます。これより、決勝戦《けっしょうせん》にうつりたいと思《おも》います】

「やっとか。待《ま》ちくたびれたよ」

怜央《れお》が文句《もんく》をこぼした。

最後《さいご》の最後《さいご》まで感《かん》じが悪《わる》いな、おまえは！

【これまで参加者《さんかしゃ》のみなさんには、たくさんのメモリーゲームに挑戦《ちょうせん》していただきました。予選《よせん》では並《なら》んだ数字《すうじ》、それから『教室《きょうしつ》の記憶《きおく》』『楽譜《がくふ》の記憶《きおく》』『迷路《めいろ》の記憶《きおく》』。そして決勝《けっしょう》戦《せん》は、きみたち自身《じしん》についての問題《もんだい》を出《だ》します】

「なんだって？」

怜央《れお》が小《ちい》さくつぶやく。

【今日一日《きょういちにち》、きみたちの行動《こうどう》は、データ収集《しゅうしゅう》という目的《もくてき》もあってモニターさせてもらっています。決勝《けっしょう》では、それをもとに問題《もんだい》を作《つく》りました】

？

どういうことなのか、いまいち意味《いみ》がわからなかった。

【今《いま》から、机《つくえ》のタッチパネルに三《みっ》つの問題《もんだい》が出《で》てきます。今日《きょう》、みなさんの間近《まぢか》で起《お》こったことに関《かん》する問題《もんだい》です。朝《あさ》の集合《しゅうごう》から今《いま》まであったことをしっかりと記憶《きおく》していれば、答《こた》えられます】

「……へえ」

怜央《れお》が小馬鹿《こばか》にしたように肩《かた》をすくめた。

「なるほどそういうことか。あれこれとしかけてくるじゃないか。しかしどんな問題《もんだい》でも僕《ぼく》は負《ま》けない。さっさと思《おも》いだして答《こた》えてみせる」

ルールがいまいちわかってないオレとは反対《はんたい》に、自信満々《じしんまんまん》だった。

【これが本当《ほんとう》に、最後《さいご》の種目《しゅもく》です。では、100万円《まんえん》をめざして頑張《がんば》ってください】

最終種目《さいしゅうしゅもく》が始《はじ》まってしまった。

ああ、始《はじ》まっちゃったよ！　まだ心《こころ》の準備《じゅんび》が！


ピッ、と小《ちい》さな電子音《でんしおん》が鳴《な》る。

机《つくえ》に出《で》てきた問題《もんだい》は、こういうものだった。


【ここまで参加者《さんかしゃ》をつれてきたバスの運転手《うんてんしゅ》の名前《なまえ》は？】

【休憩中《きゅうけいちゅう》にテーブルにおいてあったお菓子《かし》は最終的《さいしゅうてき》に何個《なんこ》になった？】

【参加者《さんかしゃ》、原田優太朗《はらだゆうたろう》は今日《きょう》、何県《なにけん》からやってきた？】


ああー、なるほど。

本当《ほんとう》に、今日起《きょうお》こった出来事《できごと》から問題《もんだい》が出《だ》されている。

すぐとなりには解答欄《かいとうらん》も用意《ようい》してあった。

「柊矢《しゅうや》。おまえならできるぞ」

ハリ太郎《たろう》が力《ちから》のこもった声《こえ》で言《い》う。

「これは、おまえにとても有利《ゆうり》な問題《もんだい》だ……またしても役《やく》にたてなくて、俺《おれ》は悲《かな》しいが」

そしてちょっとしょんぼりして、まるくなった。

そう。この種目《しゅもく》ばかりは、ハリ太郎《たろう》のアドバイスもあてにできない。

直接答《ちょくせつこた》えを聞《き》いたらカンニングでルール違反《いはん》だ。

今日起《きょうお》こった出来事《できごと》、見《み》たり聞《き》いたりしたこと、食《た》べたもの。

無意識《むいしき》で記憶《きおく》していた事柄《ことがら》を、頑張《がんば》って思《おも》いだすしかないんだ。

そうだな。でもきっと。大丈夫《だいじょうぶ》だと思《おも》う。そんな気《き》がする。

「ちっ」

怜央《れお》が舌打《したう》ちをした。

「……こんなの、メモリースポーツじゃない」

むかいを見《み》ると、その表情《ひょうじょう》がギリギリしている。

ペンを持《も》った手《て》がほとんど動《うご》いていない。

「？」

これまで圧倒的優位《あっとうてきゆうい》にあったこいつのこんなあせった顔《かお》、初《はじ》めてだ。

もしかして苦戦《くせん》してるのか？

3問《もん》くらい、こいつの特技《とくぎ》があれば解《と》けるはずなのに……。

「あ、そっか」

ちょっと考《かんが》えて、オレは気《き》づいた。

この問題《もんだい》、決《けっ》して怜央《れお》に有利《ゆうり》なものばっかりじゃないんだ。

【優太朗《ゆうたろう》の言葉《ことば》】は耳《みみ》で聞《き》くものだから、カメラアイはそれほど関係《かんけい》ない。

【ここまで参加者《さんかしゃ》をつれてきたバスの運転手《うんてんしゅ》の名前《なまえ》】は、バスの運転手《うんてんしゅ》さんっていう、裏方《うらかた》みたいな人《ひと》のことをちゃんと見《み》てないと、解《と》けない。

「柊矢《しゅうや》。落《お》ち着《つ》けば大丈夫《だいじょうぶ》だぞっ、平常心《へいじょうしん》だ」

ハリ太郎《たろう》が頭《あたま》の上《うえ》で弾《はず》んだ声《こえ》を出《だ》した。

「これは言《い》うなれば長期記憶《ちょうきおく》といわれるものだ。覚《おぼ》えた直後《ちょくご》に解答《かいとう》する今《いま》までのゲームとはちょっと違《ちが》う」

「ああ、たしかにそうだよな」

「それに何《なに》より、無意識《むいしき》に何《なに》に注意《ちゅうい》をむけたかで勝負《しょうぶ》が決《き》まる。勝《か》ち目《め》は十分《じゅうぶん》にある」

「かもなー……あいつってあの性格《せいかく》だし自分大好《じぶんだいす》きだし、絶対他人《ぜったいたにん》のこととか目《め》に入《はい》ってないもんな……」

オレたちはこそこそと、そんな会話《かいわ》をする。

もしかしたら、勝《か》てるかもしれないぞ！　よっしゃ！

オレは必死《ひっし》に思《おも》いだす。

記憶《きおく》しようと思《おも》ってたものじゃないから、もちろんそう簡単《かんたん》には、頭《あたま》の中《なか》から引《ひ》っぱり出《だ》せない。

でも、目《め》をつぶってじっと集中《しゅうちゅう》すると、少《すこ》しずつ、思《おも》いだしてくる。

運転手《うんてんしゅ》さんの名札《なふだ》、たしかに見《み》た。どんな名前《なまえ》だった？

テーブルのお菓子《かし》。みんなでたくさん食《た》べた。最後《さいご》はいくつになったんだっけ？

「あーなんだったかなぁ……たしかに見《み》たんだけどな……」

中《なか》には記憶《きおく》にもやがかかったようにボンヤリしてる事柄《ことがら》もある。

でも、たしかにすべて、実際《じっさい》に見聞《みき》きしていることだ。

「あせるな。大丈夫《だいじょうぶ》だ。脳筋《のうきん》で注意力散漫《ちゅういりょくさんまん》に見《み》えても、柊矢《しゅうや》はやさしい。あの日《ひ》、俺《おれ》のことを見《み》つけて世話《せわ》してくれたし、餌用《えさよう》の虫《むし》も買《か》ってくれたし、ちゃんと他人《たにん》のことを思《おも》いやっている。きっと勝《か》てる」

「ハリ太郎《たろう》……」

ハリネズミにほめられて、ジーンとしてしまった。

なんかちょっと悪口《わるぐち》を言《い》われた気《き》もするけど、まぁ、今《いま》は許《ゆる》す。

答《こた》えを三《みっ》つ、書《か》きこんだ。

【そこまで】

時間《じかん》が来《く》ると、机《つくえ》から解答欄《かいとうらん》が消《き》えた。

終《お》わった。これで今日《きょう》の種目《しゅもく》は全部終了《ぜんぶしゅうりょう》だ。

「くそっ！」

バン！

怜央《れお》が机《つくえ》にこぶしをぶつけた。

その目《め》が、今《いま》にも誰《だれ》かにつかみかかりそうなくらい、ギラギラしている。

【お疲《つか》れさまでした。すぐに答《こた》え合《あ》わせを行《おこな》います。モニターを見《み》てください】

「なんだっていうんだ……こんな……」

怜《れ》央《お》はマスターの声《こえ》にも耳《みみ》をかさず、ぶつぶつ言《い》っている。と思《おも》えば。

「…ふん、とはいえ、きみにだってこんな問題《もんだい》、解《と》けるはずはない。どうせ不正解《ふせいかい》だろう」

唇《くちびる》をつりあげて、ぐっと胸《むね》を張《は》った。

「怒《おこ》ったり見下《みくだ》したり忙《いそが》しいやつだな、おまえ本当《ほんとう》に怖《こわ》いぞ」

「うるさい！」

激《はげ》しく怒鳴《どな》られてしまった。

そうこうしているあいだに、モニターに答《こた》えが出《で》てくる。

もうここまで来《き》たらできることは何《なに》もない。

……自信《じしん》は正直《しょうじき》、ちょっとならある。あたっててくれ！

【ここまで参加者《さんかしゃ》をつれてきたバスの運転手《うんてんしゅ》の名前《なまえ》は？】↓津田《つだ》

【休憩中《きゅうけいちゅう》にテーブルにおいてあったお菓子《かし》は最終的《さいしゅうてき》に何個《なんこ》になった？】↓ゼロ
【参加者《さんかしゃ》、原田優太朗《はらだゆうたろう》は今日《きょう》、何県《なにけん》からやってきた？】↓静岡県《しずおかけん》

「……なんか、いろいろあったなぁ。今日《きょう》」

バスで移動《いどう》して、記憶術《きおくじゅつ》にいくつも挑戦《ちょうせん》して、みんなでジュース飲《の》んで。

そんな場合《ばあい》じゃないのに、つい、いろいろと思《おも》いかえしてしまう。

【以上《いじょう》が、この問題《もんだい》の答《こた》えです。引《ひ》き分《わ》けの場合《ばあい》は延長戦《えんちょうせん》を行《おこな》う予定《よてい》でしたが、すでに勝《しょう》負《ぶ》がついています。では優勝者《ゆうしょうしゃ》の発表《はっぴょう》です】

オレはぎゅっと目《め》を閉《と》じて、発表《はっぴょう》を待《ま》つ。

1秒《びょう》、2秒《びょう》、3秒《びょう》。少《すこ》しの間《あいだ》の後《あと》に。

【おめでとうございます。メモリー・バトルロイヤル、優勝《ゆうしょう》は木下柊矢《きのしたしゅうや》くんです】

目《め》を開《あ》けると、モニターにオレの名前《なまえ》があった。

オレは三《みっ》つとも正解《せいかい》。怜央《れお》はゼロだった。

「やったぁぁぁ！」

オレはでっかくガッツポーズをした。

「素晴《すば》らしいぞ柊矢《しゅうや》。立派《りっぱ》だ！　完璧《かんぺき》な勝利《しょうり》だ！」

ハリ太郎《たろう》が今日《きょう》一番《いちばん》大《おお》きく、頭《あたま》の上《うえ》でジャンプした。

すごいよ、勝《か》っちゃった。

チャンピオンの怜《れ》央《お》が相手《あいて》なのに！

……そういえば、とおそるおそる怜《れ》央《お》のほうを見《み》やる。

「認《みと》めない！　こんなのは絶対《ぜったい》に認《みと》めない」

予想《よそう》どおり……いや、予想《よそう》よりはるかに激《はげ》しいマジギレで地団太《じだんだ》を踏《ふ》んでいた。

いつもの涼《すず》し気《げ》だったり、他人《たにん》を小馬鹿《こばか》にしたようなポーズを、完全《かんぜん》にかなぐり捨《す》てている。顔《かお》が真《ま》っ赤《か》になっていた。

「これは……無効《むこう》だ！　僕《ぼく》がこんな何《なに》も考《かんが》えてなさそうな素人《しろうと》に負《ま》けることなんてありえないんだよ！」

「いや玲《れ》央《お》さ、そうやって他人《たにん》のことを軽《かる》く見《み》るから、負《ま》けたわけだろ」

「……！　なんだって？」

「弱《よわ》いやつとか負《ま》けたやつとか、切《き》り捨《す》てたりバカにしたり、そんなことばっかしてるから勝《か》てなかったんだよ」

「……」

玲《れ》央《お》が一瞬《いっしゅん》だけ、マジギレから真剣《しんけん》な顔《かお》になった。

自分《じぶん》にたりないものについて考《かんが》えてる……ようにも見《み》えた。

しかし直後《ちょくご》には、また怒鳴《どな》る。

「いや、納得《なっとく》がいかない。まわりのことを覚《おぼ》えていれば解《と》ける問題《もんだい》？　フェアじゃない！　やり直《なお》しを要求《ようきゅう》する」

【認《みと》めません】

「なぜ！　こんなの不意《ふい》打《う》ちだし大会《たいかい》としておかしいじゃないか！」

玲《れ》央《お》は食《く》いさがるが、マスターは耳《みみ》をかさない。

【記憶力《きおくりょく》が必要《ひつよう》とされる場面《ばめん》は日常《にちじょう》にも多々《たた》あります。テストや競技会《きょうぎかい》だけではない。いいこと、悪《わる》いこと、些細《ささい》なことや重大《じゅうだい》なこと。何《なに》をどれだけ、どういう場面《ばめん》で覚《おぼ》えられるか。それを研究《けんきゅう》しているのが、我《わ》がイクスメビウス社《しゃ》です。世《よ》の中《なか》にとって有意義《ゆういぎ》な研究《けんきゅう》

であり、このメモリー・バトルロイヤルはそのデータ採取《さいしゅ》を目標《もくひょう》に開《ひら》きました】

「……だからって…………くそっ」

怜《れ》央《お》がバンとまた机《つくえ》をたたく。

記《き》憶《おく》することは生《い》きてく上《うえ》で大事《だいじ》。たしかにもっともだ。

だけどなんだかちょっと、怖《こわ》い気《き》もした。

日常《にちじょう》のあらゆるところで無《む》意《い》識《しき》に発《はっ》揮《き》してる記憶力《きおくりょく》。

それがどう使《つか》われてるかとか、どんな時《とき》にどれくらい鋭《するど》くなるかとか、あらゆるデータを集《あつ》めて、調《しら》べつくしてる。

ここって、そういう会社《かいしゃ》なんだな。

【さぁ、おめでとうございます。この後《あと》は表彰式《ひょうしょうしき》を行《おこな》います。脱落者《だつらくしゃ》のみなさんも集《あつ》まってください】

まぁ、とりあえず。

オレが1位《い》だぞ！　すっごくうれしいよな！

―インターバル―

大会全行程《たいかいぜんこうてい》が終了《しゅうりょう》。メモリースポーツ未経験者《みけいけんしゃ》が有力選手《ゆうりょくせんしゅ》に勝《か》った。

これは番《ばん》くるわせで、非常《ひじょう》に興味深《きょうみぶか》いデータが取《と》れたと思《おも》う。木下柊矢《きのしたしゅうや》は観察対象《かんさつたいしょう》として、今後《こんご》も追《お》いかける必要《ひつよう》がある。

この後《あと》はハリネズミを回収《かいしゅう》にむかう。

あのハリネズミは、ここを脱走《だっそう》した研究員《けんきゅういん》だ。

実験中《じっけんちゅう》の事故《じこ》であの姿《すがた》になり、元《もと》の体《からだ》に戻《もど》るため、そして我々《われわれ》の【X計画《エックスけいかく》】を阻止《そし》するために、研究所《けんきゅうじょ》に戻《もど》ってきた。

【X計画《エックスけいかく》】の最終目標《さいしゅうもくひょう》は、ヒトの記憶力《きおくりょく》を最大限《さいだいげん》に引《ひ》きだし、操《あやつ》り、そして生《う》まれ変《か》わった新《あら》たな「新人類《しんじんるい》」を造《つく》ることだ。

計画《けいかく》の秘密《ひみつ》を知《し》るハリネズミは、逃《に》がすわけにはいかない。かならず捕獲《ほかく》せよ。

エピローグ

賞金《しょうきん》の札束《さつたば》は、台座《だいざ》のついたケースに入《い》れられて運《はこ》ばれてきた。

「うわー……」

「うおー……」

当《あ》たり前《まえ》だけど、こんなものを目《め》にしたのは生《う》まれて初《はじ》めてだ。

参加者全員《さんかしゃぜんいん》が、まじまじと見入《みい》っている。

「1位《い》、木下柊矢《きのしたしゅうや》くんにこれを贈呈《ぞうてい》します。おめでとう」

マスターではなく、生身《なまみ》のスタッフさんが、ていねいな仕草《しぐさ》で100万円《まんえん》を持《も》ちあげる。

手《て》わたされたそれは、ちょっとだけ重《おも》い。

お、おお……すごい。

両手《りょうて》にのせたまま、やっぱりまじまじと見入《みい》ってしまった。

これで、ワールドカップを観《み》に行《い》ける……!!

「この大会《たいかい》は、今後《こんご》も2回《かい》、3回《かい》とつづけていきます。今回《こんかい》の成績優秀者《せいせきゆうしゅうしゃ》はまた招待《しょうたい》する予定《よてい》ですので、ぜひ参加《さんか》してください」

そっか。第《だい》2回《かい》もあるんだ。

また勝《か》ったらもう100万円《まんえん》もらえちゃったりするのかな。

「どうやら次回《じかい》があるようだね。きみには次《つぎ》もかならず参加《さんか》してもらうよ」

怜央《れお》の怒《いか》りといらだちは、おさまることがなかった。

「……次《つぎ》は完璧《かんぺき》に対策《たいさく》を取《と》る。僕《ぼく》をここまで悔《くや》しがらせた人間《にんげん》はきみが初《はじ》めてだ。次回《じかい》こそは完膚《かんぷ》なきまでにたたきつぶす」

その目《め》がぎらりと光《ひか》る。こ、怖《こわ》い。

「二度《にど》と、素人《しろうと》には負《ま》けない。メモリーアスリートとして絶対《ぜったい》にリベンジする」

「わ、わかったよ。またその時《とき》にな」

とりあえず怜央《れお》を刺激《しげき》しないためにも、オレはそっと賞金《しょうきん》をしまう。

あずけていた荷物《にもつ》も返《かえ》してもらったし、あとは帰《かえ》るだけかな。

「今日《きょう》は立派《りっぱ》だったぞ、柊矢《しゅうや》」

ぴょん、と足《あし》もとに飛《と》びおりて、ハリ太郎《たろう》がオレを見《み》あげる。

「さっきも言《い》ったが、素晴《すば》らしい戦《たたか》いぶりだった。柊矢《しゅうや》はすごい。俺《おれ》は感動《かんどう》したし……また、この競技《きょうぎ》を一緒《いっしょ》にやりたいと思《おも》っている」

「どうしたんだよー、いきなりシンミリして。でも次《つぎ》もまた、一緒《いっしょ》にできたらいいよな」

「ああ。絶対《ぜったい》に、また戦《たたか》おう」

まだモニターに残《のこ》っている、優勝者《ゆうしょうしゃ》である自分《じぶん》の名前《なまえ》を見上《みあ》げる。

どうにかこうにか、たくさん苦労《くろう》しつつも勝《か》てたのは、ハリ太郎《たろう》のおかげだ。

ハリネズミの助《たす》けで記憶術大会《きおくじゅつたいかい》を勝《か》ちぬくって……なんか不思議《ふしぎ》だ。

「でさ、せっかくだし、このままうちに来《き》たらいいよ。うちの家族《かぞく》もハリ太郎《たろう》に会《あ》いたがってると思《おも》うし……あれ？」

笑《わら》いながら、床《ゆか》を見《み》る。

ハリ太郎《たろう》は忽然《こつぜん》と、いなくなっていた。

「え？」

一瞬《いっしゅん》の出来事《できごと》だ。さっきまでここで話《はな》してたのに。

「おい？　ハリ太郎《たろう》？」

そこには床《ゆか》と壁《かべ》しかない。

……どこ行《い》ったんだ？　またトイレにでも行《い》ったのか？

「明日音《あすね》、ハリ太郎《たろう》見《み》なかった？」

「えっ、さっきまで柊矢《しゅうや》の頭《あたま》にいたじゃない」

「そのはずなんだけどな……どこ行《い》ったんだろ」

ドアも開《あ》いてないのに、なんで消《き》えちゃうんだ？

あたりをきょろきょろしていると、突然《とつぜん》、激《はげ》しい足音《あしおと》がした。

「ん？」

ヴンっとドアが開《あ》く。バタバタと何人《なんにん》もの白衣《はくい》の大人《おとな》が、近《ちか》づいてくる。

みんな一直線《いっちょくせん》にこっちにむかってくるし、顔《かお》が怖《こわ》い。

「きみ、今《いま》までここにいた小動物《しょうどうぶつ》はどうした？」

真剣《しんけん》な表情《ひょうじょう》でたずねられる。

「小動物《しょうどうぶつ》？」

「きみがつれてきたペットのハリネズミだ、どこかにかくしたか？」

「いや、まさにたった今《いま》、いなくなっちゃって……」

「どこかにもぐりこんでいないのかね？　失礼《しつれい》するよ」

「わっ」

まるでボディチェックみたいに、全身《ぜんしん》をわしわしと探《さぐ》られた。

「いない……なんてことだ！　捜《さが》せ！」

？？？

なんでイクスメビウスの人《ひと》が、ハリ太郎《たろう》を捜《さが》すんだろう？

いや、そりゃ捜《さが》すか。社内《しゃない》にハリネズミがうろうろしてたらまずいよな。

「おーい、ハリ太郎《たろう》！」

「どこー？」

明日音《あすね》やみんなも手伝《てつだ》ってくれて、しばらく捜《さが》してみたけど。

結局《けっきょく》ハリ太郎《たろう》は、どこからも出《で》てこなかった。

☆

真《ま》っ黒《くろ》なバスが、朝《あさ》とは逆《ぎゃく》に駅《えき》へむかって走《はし》りだす。

オレと明日音《あすね》はとなりのシートでうとうとしていた。

うっかり寝入《ねい》ると明日音《あすね》の肩《かた》に寄《よ》りかかってしまいそうなので、どうにか耐《た》えている。

太陽《たいよう》がだいぶ、かたむいていた。

一日《いちにち》ハリ太郎《たろう》と一緒《いっしょ》にいたので、頭《あたま》の上《うえ》にもポケットの中《なか》にもいないと、なんだかさみしい。

あいついったい、どうしたんだろう。

ん？　待《ま》てよ。そういえば。

ハリ太郎《たろう》ってイクスメビウス社《しゃ》のことを調《しら》べてる……って言《い》ってなかったか？

で、イクスメビウス社《しゃ》の人《ひと》も、ハリ太郎《たろう》を捜《さが》してた。

これっていったいどういうことなんだろう。

「………わからん」

まあいっか。次《つぎ》の大会《たいかい》までに、帰《かえ》ってくるといいな……あいつはかしこいから、きっとまた、ひょっこり現《あらわ》れるはずだ。そうに決《き》まってる。

そしたら前《まえ》みたいに、餌《えさ》とか寝床《ねどこ》を作《つく》ってやらないと。

賞金《しょうきん》もあるし、ちょっと豪華《ごうか》なペットハウスとか買《か》ってやろうかな。

生餌《なまえ》の虫《むし》は、とびきり元気《げんき》なやつにしよう。

トロトロとそんなことを考《かんが》えているうちに、本当《ほんとう》に眠《ねむ》くなってくる。

一日《いちにち》いろいろあって、疲《つか》れたもんな……。

明日音《あすね》も寝《ね》てしまったみたいで、カクンとこっちに体《からだ》がたおれてきた。

「……」

やっぱりちょっと、ドキドキする。いやいや考《かんが》えるな。

「オレも寝《ね》よ！　そうしよ！」

首《くび》をぶんぶん振《ふ》ってから、そっと目《め》を閉《と》じた。

初《しょ》期《き》キャラデザ大《だい》・公《こう》・開《かい》！

木下柊矢（きのした・しゅうや）

アクティブなハーフパンツがポイント。
パーカーのポケットがハリ太郎《たろう》の定位置《ていいち》！

ハリ太郎《たろう》

◆大石明日音(おおいし・あすね)

スポーティーな中《なか》にも
ガーリーなテイスト!!
キャップがトレード
マーク!

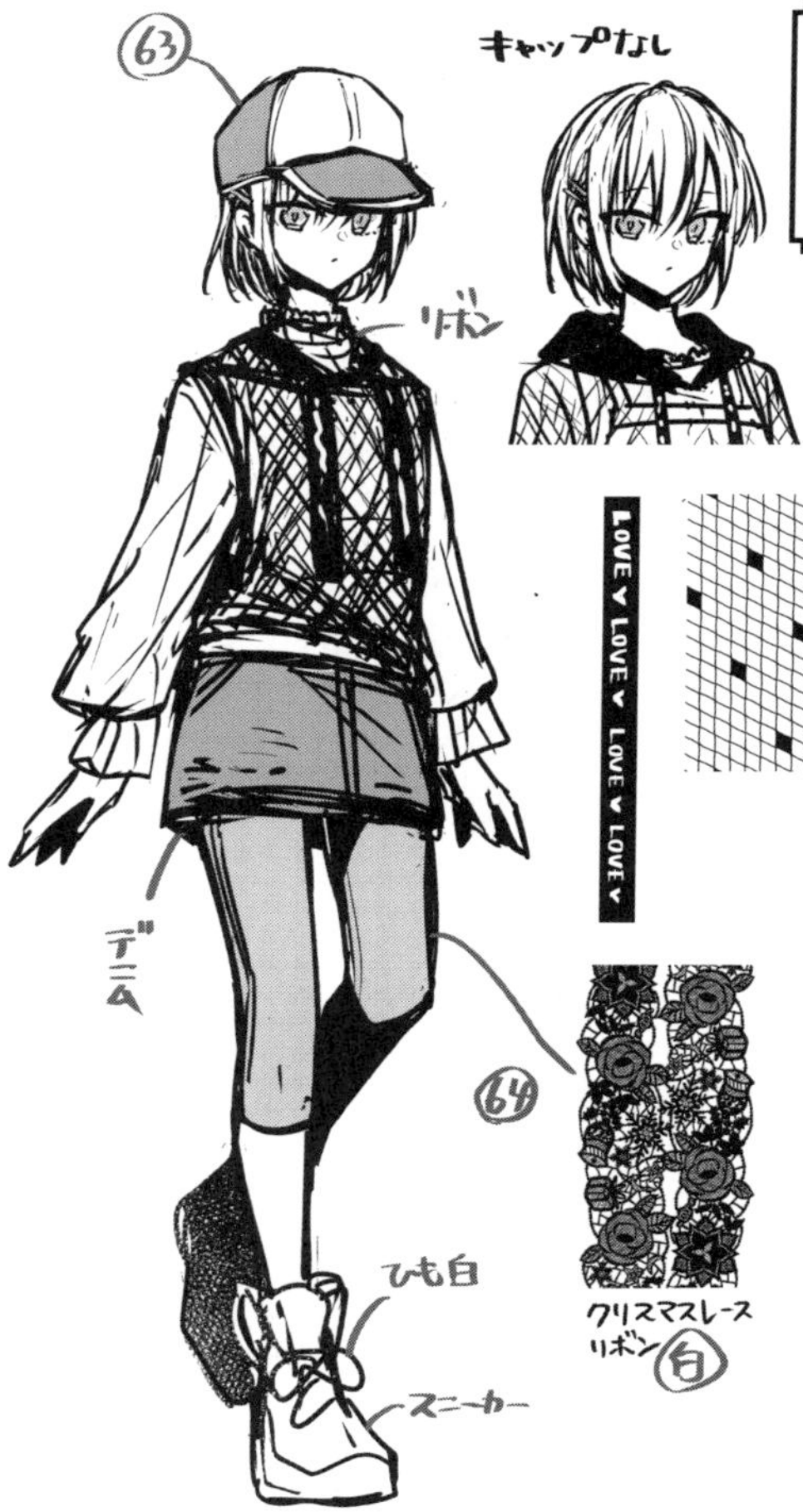

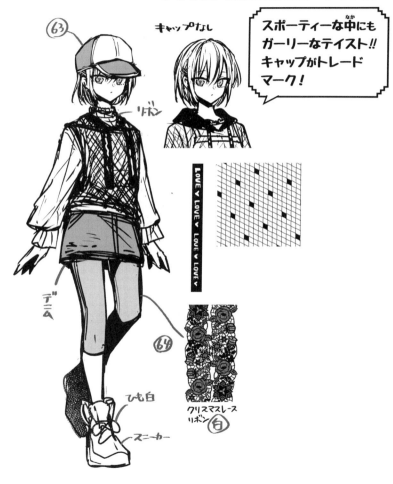

◆藤和怜央（とうわ・れお）

クールなメモリー・スポーツのアスリート！
ヘッドフォンはマストアイテム!!

◆イクスメビウス社《しゃ》研《けん》究《きゅう》員《いん》

ナゾ多《おお》きゲームメーカー社員《しゃいん》。
サングラスの下《した》の
その素顔《すがお》は……!?

記憶力《きおくりょく》は努力《どりょく》で変《か》わる！　――監修者《かんしゅうしゃ》のことば――

メモリースポーツ日本《にほん》チャンピオンの青木健《あおきたける》です。今回《こんかい》『記憶《きおく》バトルロイヤル』に登場《とうじょう》する問《もん》題《だい》や登場人物《とうじょうじんぶつ》の監修《かんしゅう》を担当《たんとう》しました。

お話《はなし》の中《なか》で喩《たと》えると、著者《ちょしゃ》の相羽先生《あいばせんせい》が柊矢《しゅうや》だとしたら、僕《ぼく》は柊矢《しゅうや》を助《たす》けていたハリ太郎《たろう》です。相羽先生《あいばせんせい》のハリ太郎《たろう》であった僕《ぼく》も、努力家《どりょくか》で絶対《ぜったい》に最後《さいご》まで諦《あきら》めない柊矢《しゅうや》とカメラアイを持《も》ち圧倒的《あっとうてき》な才能《さいのう》の持《も》ち主《ぬし》である怜央《れお》の最終種目《さいしゅうしゅもく》での一騎打《いっきう》ちにはとても興奮《こうふん》しました。

お話《はなし》の中《なか》では努力家《どりょくか》の柊矢《しゅうや》が大勝利《だいしょうり》を収《おさ》めましたが、実際《じっさい》のメモリースポーツの世界《せかい》でも全《まった》く同《おな》じことが起《お》きています。

読者《どくしゃ》のみなさんは意外《いがい》に思《おも》うかもしれませんが、メモリースポーツの大会《たいかい》では、カメラアイなど生《う》まれつきの才能《さいのう》で勝負《しょうぶ》する選手《せんしゅ》は早々《そうそう》に敗退《はいたい》し、大会《たいかい》に向《む》けて記憶《きおく》の練習《れんしゅう》をたくさんしてきた選手《せんしゅ》だけが最後《さいご》まで残《のこ》って優勝争《ゆうしょうあらそ》いをします。

多《おお》くの人《ひと》にとって、記憶力《きおくりょく》と言《い》うと才能《さいのう》で決《き》まってしまうというイメージが強《つよ》いかもしれませんが、実《じつ》は才能《さいのう》よりも圧倒的《あっとうてき》に努力《どりょく》の要素《ようそ》が大《おお》きいのです。

今回《こんかい》の作品《さくひん》を読《よ》んで自分《じぶん》の記憶力《きおくりょく》に自信《じしん》がない人《ひと》も、少《すこ》しでも「メモリースポーツって面白《おもしろ》そうだな！」とか、「記憶力《きおくりょく》が努力《どりょく》で変《か》わるなら挑戦《ちょうせん》してみようかな」と思《おも》った方《かた》は、ぜひ一度《いちど》メモリースポーツにトライしてみてください。

YouTubeにメモリースポーツの始《はじ》め方《かた》や大会《たいかい》の動画《どうが》もたくさん上《あ》がっているので、チェックしてみると良《よ》いでしょう。（ぜひ「メモアカYouTubeチャンネル」で検索《けんさく》してみてください）

メモリースポーツを始《はじ》めて、すぐに日本一《にほんいち》になるのは難《むずか》しいですが、毎日《まいにち》でも少《すこ》しずつ練習《れんしゅう》をすればどんどん自分《じぶん》の記憶力《きおくりょく》が伸《の》びていきます。「自分《じぶん》ってこんなに覚《おぼ》えられるんだ！」ということにびっくりすると思《おも》います。

実《じつ》は去年《きょねん》（２０２３年《ねん》）には、中学《ちゅうがく》1年《ねん》からメモリースポーツを始《はじ》めた高校《こうこう》2年生《ねんせい》の女《おんな》の子《こ》が、ヨーロッパ大会《たいかい》で18歳以下《さいいか》のジュニアの部《ぶ》で優勝《ゆうしょう》をし、年齢制限《ねんれいせいげん》のない日本大会《にほんたいかい》でも予選《よせん》を1位《い》で通過《つうか》し、惜《お》しくも日本一《にほんいち》は逃《のが》しましたが、３位入賞《いにゅうしょう》を果《は》たしました。他《ほか》にも小中学生《しょうちゅうがくせい》の世代《せだい》の選手《せんしゅ》も活躍《かつやく》しはじめていて日本《にほん》のメモリースポーツ界《かい》が盛《も》り上《あ》がってきています。今《いま》この文章《ぶんしょう》を読《よ》んでいるそこの君《きみ》も将来《しょうらい》の世界《せかい》チャンピオンになれるチャンスがあると思《おも》います。

今日行動《きょうこうどう》すれば、明日《あした》が変《か》わります。今《いま》がチャンスです！

君《きみ》の挑戦《ちょうせん》お待《ま》ちしております！

メモリースポーツ日本《にほん》チャンピオン　青木《あおき》　健《たける》

あとがき

みらい文庫読者《ぶんこどくしゃ》のみなさん、おひさしぶりです！

今回《こんかい》のお話《はなし》のテーマはずっと書《か》いてみたかった「メモリースポーツ」です。

小説《しょうせつ》の中《なか》に出《で》てくる問題《もんだい》、チャレンジしてもらえましたか？

「1回解《かいと》でけたよ！」「難《むずか》しかったよ！」「何回《なんかい》かやったらできたよ！」など、ぜひご意見《いけん》ご感想《かんそう》、お聞《き》かせくださいね。

よければ、おうちの方《かた》やお友《とも》だちにも挑戦《ちょうせん》してもらっちゃいましょう。

この競技《きょうぎ》、もともとは前作《ぜんさく》『てっぺん！』シリーズの主人公《しゅじんこう》・ミカドに、変《か》わった趣味《しゅみ》や特技《とくぎ》をいっぱい持《も》たせたい！　と思《おも》った時《とき》に「メモリースポーツ」の存在《そんざい》を知《し》りました。調《しら》べていくうちにメモリーアスリートのすごさに圧倒《あっとう》され、いつかお話《はなし》にしてみたいとひそかに思《おも》っていたのです。

ちなみに最初《さいしょ》はもっと絶望感《ぜつぼうかん》マシマシのゲームとして考《かんが》えていて「×分以内《ふんいない》に×桁《けた》の数字《すうじ》を覚《おぼ》えないと魂《たましい》を取《と》られる」みたいな設定《せってい》でした。イヤすぎるので方向転換《ほうこうてんかん》してよかったです。誰《だれ》でも気軽《きがる》に楽《たの》しめるのがこの競技《きょうぎ》のいいところですからね。

今回《こんかい》、なんとホンモノの日本《にほん》チャンピオンである青木健先生《あおきたけるせんせい》にご協力《きょうりょく》をいただき、めちゃ贅沢《ぜいたく》な本《ほん》になりました。すごい！

柊矢《しゅうや》や明日音《あすね》にどうやって問題《もんだい》を解《と》いてもらったらいいのか？　ということを中心《ちゅうしん》に、とても丁寧《ていねい》でわかりやすいアドバイスをいただきました。記憶術《きおくじゅつ》についておもしろいお話《はなし》もたくさん聞《き》かせていただいたので今後《こんご》にいかせればいいなと思《おも》います。

みらい文庫《ぶんこ》の編集《へんしゅう》さんたち、カッコいいイラストを描《か》いてくださった木乃《きの》ひのき先生《せんせい》、図版《ずはん》を作《つく》っていただいたデザイナーさん、間違《まちが》いがないか確認《かくにん》していただいた校正《こうせい》さんなど、いろんな人《ひと》のおかげで本《ほん》ができました。ありがとうございます。

私《わたし》もメモリースポーツの話《はなし》を書《か》いて、ちょっと頭《あたま》が冴《さ》えたような気《き》がするので、今後《こんご》とも頑張《がんば》ります！　ではでは、また。

相羽《あいば》　鈴《りん》

相羽鈴先生《あいばりんせんせい》へのお手紙《てがみ》はこちらへ☆
〒101—8050　東京都千代田区一ツ橋《とうきょうとちよだくひとつばし》2—5—10　集英社《しゅうえいしゃ》みらい文庫編集部《ぶんこへんしゅうぶ》　相羽鈴先生係《あいばりんせんせいがかり》

ありがとうございました！
挿絵を描かせていただきました
木乃ひのきと申します。
わくわくの展開にこの先も
気になる記憶バトル…！
相羽先生楽しみにしております！
ハリ太郎がかわいくってとっても
楽しかったです！
ちなみにわたしは記憶力に
絶対の自信がありません…。
顔を覚えるのも苦手で、青木健さん式
暗記方法とても勉強になりました！
記憶力爆上げしていくぞ…っ
木乃ひのき

集英社みらい文庫

記憶《きおく》バトルロイヤル

覚《おぼ》えて勝《か》ちぬけ！ 100万円《まんえん》をかけた戦《たたか》い

相羽《あいば》 鈴《りん》　作
木乃《きの》ひのき　絵
青木《あおき》 健《たける》　監修

ファンレターのあて先
〒101-8050　東京都千代田区一ツ橋2-5-10　集英社みらい文庫編集部
いただいたお便りは編集部から先生におわたしいたします。

2024年11月27日　第1刷発行

発行者　今井孝昭
発行所　株式会社 集英社
〒101-8050　東京都千代田区一ツ橋2-5-10
電話　編集部 03-3230-6246
読者係 03-3230-6080
販売部 03-3230-6393（書店専用）
https://miraibunko.jp
装丁　+++ 野田由美子　中島由佳理
印刷　TOPPAN株式会社
製本　TOPPAN株式会社

ISBN978-4-08-321877-4　C8293　N.D.C.913　174P　18cm

第14回みらい文庫大賞
大賞受賞作
死《し》にたくないならサインして
裏切《うらぎ》り
ニセモノ
狐狗狸《こっくり》
作 日部《ひべ》星花《せいか》
絵 wogura《をぐら》
正義《せいぎ》の味方《みかた》か？地獄《じごく》の使者《ししゃ》か？
超《ちょう》・新感覚《しんかんかく》ホラー!!
2024年12月13日(金)発売予定

だってわたしは、
怪異対策《かいいたいさく》コンサルタントですから！
まずはサインをしてもらって、それから
お話《はなし》を聞《き》かせてくれませんか？

どしゃり。それは、人《ひと》だった。
腕《うで》と足《あし》がおかしな方《ほう》にまがってる。
じわじわと、身体《からだ》の下《した》に血《ち》溜《だ》まりができていく。

水橋《みずはし》ユキ（中《ちゅう》1）には誰《だれ》にも言《い》えない悩《なや》みがあった。
毎日決《まいにちき》まった時間《じかん》に、彼女《かのじょ》にだけ見《み》えるのだ。
――女《おんな》の子《こ》が、真《ま》っ逆《さか》さまに落《お》ちていくのが。
友人《ゆうじん》のすすめで、【怪異対策《かいいたいさく》コンサルタント】を
しているという緋宮《ひのみや》せいらに相談《そうだん》することに。
血《ち》のように真《ま》っ赤《か》な契約書《けいやくしょ》を取《と》りだし、話《はなし》を聞《き》くせいら。
一体何者《いったいなにもの》なのだろう？　信《しん》じてよいのだろうか――？

流《なが》れ星《ぼし》の約《やく》束《そく》
再会《さいかい》したきみは芸能人《げいのうじん》!?
伝《つた》えたい想《おも》い
みずのまい 作
雪丸《ゆきまる》ぬん 絵
オリジナル新作《しんさく》
大《だい》好《こう》評《ひょう》発《はつ》売《ばい》中《ちゅう》!

4年《ねん》ぶりに再会《さいかい》した初恋相手《はつこいあいて》は、
芸能界《げいのうかい》のトップ俳優《はいゆう》に!?

幼《おさな》い頃《ころ》に両親《りょうしん》を事故《じこ》で亡《な》くした**結《ゆい》**。
小学《しょうがく》2年生《ねんせい》のときに**施設《しせつ》**で出会《であ》った
安藤流星《あんどうりゅうせい》くんと**トクベツな約束《やくそく》**をしたけど、
すぐに**離《はな》れ離《ばな》れ**に。小学《しょうがく》6年生《ねんせい》になり、
ひょんなことから**映画《えいが》のエキストラ**に
誘《さそ》われるが、その映画《えいが》の主演《しゅえん》の男《おとこ》の子《こ》は
「流星」という名前《なまえ》で…!? **顔《かお》もそっくり!?**
同一人物《どういつじんぶつ》なのか確《たし》かめたいけど、
彼《かれ》はおどろくほど**冷酷無慈悲《れいこくむじひ》な人物《じんぶつ》**で…!?

登場人物《とうじょうじんぶつ》

大沢結《おおさわゆい》

小《しょう》6。両親《りょうしん》を亡《な》くし一時《いちじ》は施設《しせつ》で育《そだ》つが、縁《えん》あって西川家《にしかわけ》の一員《いちいん》に。サバサバした性格《せいかく》で面倒見《めんどうみ》がよい姉御肌《あねごはだ》。

天川流星《あまかわりゅうせい》

小《しょう》6。天才子役《てんさいこやく》として圧倒《あっとう》的《てき》な才能《さいのう》で人気《にんき》を博《はく》す。結《ゆい》が施設《しせつ》で心《こころ》を通《かよ》わせた「安藤流星《あんどうりゅうせい》」くんと同一《どういつ》人物《じんぶつ》なのかは…?

西川多摩子《にしかわたまこ》

売《う》れっ子《こ》のミステリー作《さっ》家《か》。結《ゆい》の母親《ははおや》の大学時《だいがくじ》代《だい》の同級生《どうきゅうせい》で、事故《じこ》を知《し》り、結《ゆい》を引《ひ》き取《と》る決心《けっしん》をした。

西川倫太郎《にしかわりんたろう》

小《しょう》4。結《ゆい》とは血《ち》のつながりがなく名字《みょうじ》も別《べつ》だが、弟《おとうと》として結《ゆい》を慕《した》っている。心《こころ》の優《やさ》しい子《こ》。

井上大河《いのうえたいが》

小《しょう》6。結《ゆい》の幼《おさな》なじみ。リトルリーグで4番《ばん》キャッチャー、キャプテン。

加山龍之介《かやまりゅうのすけ》

有名子役《ゆうめいこやく》が多数所《たすうしょ》属《ぞく》する劇団《げきだん》に所属《しょぞく》。礼儀正《れいぎただ》しく、誠実《せいじつ》な人柄《ひとがら》。

高宮学園《たかみやがくえん》
バスケ部《ぶ》の氷姫《こおりひめ》
＊あいら＊作
ムネヤマヨシミ絵
愛《あい》されすぎのマネージャー生活《せいかつ》、スタート！
大型《おおがた》オリジナル新作《しんさく》!!
大好評発売中《だいこうひょうはつばいちゅう》！

問題児《もんだいじ》バスケ部《ぶ》は、イケメンだらけの最強集団《さいきょうしゅうだん》!?

夜光龍《やこうりゅう》

中《ちゅう》2。バスケ部《ぶ》キャプテン。クラブチームで選抜《せんばつ》メンバーに選《えら》ばれるほどの実力《じつりょく》の持《も》ち主《ぬし》で、弱小《じゃくしょう》だったバスケ部《ぶ》を強豪《きょうごう》チームに導《みちび》く。

涼風陽《すずかぜよう》

中《ちゅう》1。努力家《どりょくか》で心優《こころやさ》しい美少女《びしょうじょ》だが、本人《ほんにん》は自分《じぶん》の美貌《びぼう》に気《き》づいていない。感情《かんじょう》表現《ひょうげん》がニガテで「冷《つめ》たい」と誤解《ごかい》されることも多《おお》い。

千草京《ちぐさけい》

中《ちゅう》2。遅刻常習犯《ちこくじょうしゅうはん》。チャラく遊《あそ》び人《にん》と言《い》われているが、実《じつ》は……?

三鷹影《みたかえい》

中《ちゅう》2。無口《むくち》だが優《やさ》しい。メガネに隠《かく》された素顔《すがお》には、ヒミツが……?

黒世宮《くろせみや》

中《ちゅう》1。可愛《かわい》い見《み》た目《め》に反《はん》してダウナー系《けい》。やや人見知《ひとみし》り。

白世壱《しろせいち》

中《ちゅう》1。関西出身《かんさいしゅっしん》で、元《もと》不良《ふりょう》。幼《おさな》い妹《いもうと》や弟《おとうと》の面倒《めん どう》をよく見《み》るアニキ肌《はだ》。

朝霧虎《あさぎりとら》

中《ちゅう》2。陽《よう》の幼《おさな》なじみで、サッカー部《ぶ》の次期《じき》キャプテン。陽《よう》のウワサを聞《き》き、幻滅《げんめつ》して、陽《よう》をサッカー部《ぶ》から追《お》い出《だ》してしまう。

サッカー部《ぶ》のマネージャーをしていた涼風陽《すずかぜよう》は、ぬれ衣《ぎぬ》をきせられて、
サッカー部《ぶ》から追《お》い出《だ》されることに。
ひとりぼっちになった陽《よう》に、手《て》を差《さ》し伸《の》べてくれたのは……
「陽《よう》のことは、絶対《ぜったい》に俺《おれ》が守《まも》るから」バスケ部《ぶ》のキャプテンで、
絶対的《ぜったいてき》エースのヒーローでした。遊《あそ》び人《にん》のワケあり先輩《せんぱい》から、
ツンデレ猫系男子《ねこけいだんし》まで、最強男子《さいきょうだんし》たちとの愛《あい》されすぎの
バスケ部生活《ぶせいかつ》、スタートです!!

【推《お》しの子《こ》】最新情報《さいしんじょうほう》

YJC《ヤングジャンプコミックス》

【推《お》しの子《こ》】

赤坂《あかさか》アカ × 横槍《よこやり》メンゴ 原作《げんさく》・絵《え》

最《さい》新《しん》15巻《かん》

大《だい》好《こう》評《ひょう》発《はつ》売《ばい》中《ちゅう》!

【推《お》しの子《こ》】原作《げんさく》公式《こうしき》HP《ホームページ》はコチラから

映画【推《お》しの子《こ》】

2024年《ねん》12月《がつ》20日《にち》【金】

東映配給《とうえいはいきゅう》にて

劇《げき》場《じょう》公《こう》開《かい》!

ドラマ【推《お》しの子《こ》】

2024年《ねん》11月《がつ》28日《にち》【木】

Amazon《アマゾン》 Prime《プライム》 Video《ビデオ》にて

21:00より世《せ》界《かい》独《どく》占《せん》配《はい》信《しん》!!!

海色《うみいろ》ダイアリー
シリーズ
シリーズ累計《るいけい》53万《まん》部《ぶ》突破《とっぱ》！
ラブ編《へん》、絶好調《ぜっこうちょう》♥
みゆ・作《さく》
加々見絵里《かがみえり》・絵《え》
この想《おも》い、きみに届《とど》いて…!!
「海色《うみいろ》ダイアリー」の書《か》きおろし小説《しょうせつ》も読《よ》めるよ！
作画《さくが》は人気《にんき》漫画家《まんがか》の姫川恵梨《ひめかわえり》先生《せんせい》！
マンガ版《ばん》!!
NEWS《ニュース》!!『海色《うみいろ》ダイアリー』がマンガに!!
待望《たいぼう》のコミックス（りぼんマスコットコミックス）、
大好評発売中《だいこうひょうはつばいちゅう》!!
©姫川恵梨／集英社

NEWS《ニュース》!

「海色《うみいろ》ダイアリー」の
ボイスドラマ配信中《はいしんちゅう》!

ええっ! 五《いつ》つ子《ご》アイドルが 私《わたし》のとなりの家《いえ》に!?

私《わたし》、結亜《ゆあ》。中《ちゅう》1だよ。私《わたし》の家《いえ》は海《うみ》の近《ちか》くの下宿屋《げしゅくや》さんなの。
そして、新《あたら》しい下宿人《げしゅくにん》は、なんと憧《あこが》れのアイドルユニット【橘兄弟《たちばなきょうだい》】!!
しかも双子《ふたご》かと思《おも》っていたら、実《じつ》は五《いつ》つ子《ご》で!?

第《だい》1弾《だん》

～おとなりさんは、
五《いつ》つ子《ご》アイドル!?～

第《だい》2弾《だん》

～五《いつ》つ子《ご》アイドルと、
はじめての家出《いえで》!?～

第《だい》3弾《だん》

～五《いつ》つ子《ご》アイドルの
ひみつの誕生日《たんじょうび》!?～

第《だい》4弾《だん》

～五《いつ》つ子《ご》アイドルの
涙《なみだ》の運動会《うんどうかい》!?～

第《だい》5弾《だん》

～五《いつ》つ子《ご》アイドルと
せつない夏祭《なつまつ》り～

第《だい》6弾《だん》

～五《いつ》つ子《ご》アイドルと
謎《なぞ》の美少女《びしょうじょ》～

第《だい》7弾《だん》

～五《いつ》つ子《ご》アイドルもドキドキ!?
結亜《ゆあ》のモデルオーディション!～

第《だい》8弾《だん》

～五《いつ》つ子《ご》アイドルが
大《おお》ゲンカ!? 二葉《ふたば》の初恋《はつこい》～

第《だい》9弾《だん》

～五《いつ》つ子《ご》アイドルと
五河《いつか》の夢《ゆめ》～

第《だい》10弾《だん》

～五《いつ》つ子《ご》アイドルもワクワ
結亜《ゆあ》と四季《しき》のファッションショ

第《だい》11弾《だん》

～五《いつ》つ子《ご》アイドルと
真夜中《まよなか》の歌《うた》い手《て》～

第《だい》12弾《だん》

～五《いつ》つ子《ご》アイドルと告白《こくはく》の行方《ゆくえ》!
一星《いっせい》の舞台《ぶたい》デビュー～

第《だい》13弾《だん》

～五《いつ》つ子《ご》アイドルと
バレンタイン
二葉《ふたば》の特別《とくべつ》なチョコレート～

第《だい》14弾《だん》 NEW《ニュー》
～五《いつ》つ子《ご》アイドルのホワイトデー
五河《いつか》と海《うみ》の水晶《すいしょう》～

大好評《だいこうひょう》発売中《はつばいちゅう》!

速報《そくほう》! 第《だい》15弾《だん》は 2025年《ねん》4月《がつ》18日《にち》金《きん》発売予定《はつばいよてい》!!

集英社《しゅうえいしゃ》みらい文庫《ぶんこ》
村田真優《むらたまゆ》原作《げんさく》／絵《え》
ワダヒトミ著《ちょ》
ハニーレモンソーダ
Honey Lemon Soda
まんがノベライズ
あなたを好《す》きでいる勇気《ゆうき》
一《いっ》歩《ほ》踏《ふ》み出《だ》したい
すべての恋《こい》する女《おんな》の子《こ》へ――!

スパイガール!
~ドキドキすぎ!? 御曹司《おんぞうし》の危険《きけん》な臨海学校《りんかいがっこう》~
相川《あいかわ》 真《しん》 作《さく》
葛西《かさい》 尚《なおえ》 絵《え》
「女《おんな》の子《こ》だけど、
私《わたし》が最《さい》強《きょう》!
超《ちょう》胸《むね》キュン♡
スパイ学《がく》園《えん》」
『チームアイズ』
相川《あいかわ》真《しん》先生《せんせい》、
最《さい》新《しん》作《さく》!

スパイは目立《めだ》つな
女《おんな》なら、守《まも》られとけよ
蓮《れん》夜《や》先《せん》輩《ぱい》
中《ちゅう》2。晴《はる》たちのスパイの先輩《せんぱい》。天使《てんし》みたいだけど、ドS《エス》。
奈《な》々《な》木《き》新《しん》
中《ちゅう》1。晴《はる》のバディ。いつも冷静《れいせい》で優秀《ゆうしゅう》なスパイ。
黒《くろ》宮《みや》コウガ
財閥《ざいばつ》の跡取《あとと》りで、成績優秀《せいせきゆうしゅう》、超《ちょう》イケメン。ひみつがある？
間《ま》広《ひろ》奏《かな》汰《た》
コウガの友《とも》だち。サッカー部《ぶ》で芸能人《げいのうじん》。
女《おんな》の子《こ》だけど…実《じつ》は最強《さいきょう》スパイだよ！
ダメっ子転校生《てんこうせい》は、実《じつ》は最強《さいきょう》スパイ!??
御曹司《おんぞうし》のニセモノ彼女《かのじょ》として、学園《がくえん》に潜入《せんにゅう》!?
私《わたし》、中《ちゅう》１の雪乃晴《ゆきのはる》。ないしょだけど、実《じつ》は最強《さいきょう》スパイなの。バディの新《しん》と一緒《いっしょ》に、財閥《ざいばつ》の御曹司《おんぞうし》「黒宮《くろみや》コウガ」の護《ご》衛《えい》のため、私立春町学園《しりつはるまちがくえん》に潜入《せんにゅう》するよ!
雪《ゆき》乃《の》晴《はる》
実《じつ》はスパイの中《ちゅう》1。コウガのニセモノ彼女《かのじょ》として学園《がくえん》に潜入《せんにゅう》！
第《だい》1弾《だん》
スパイガール!
～ミッションは御曹司《おんぞうし》のボディーガード!?～
第《だい》2弾《だん》
スパイガール!
～ドキドキすぎ!? 御曹司《おんぞうし》の危険《きけん》な臨海学校《りんかいがっこう》～
大好評発売中《だいこうひょうはつばいちゅう》！

ドッキドキの
普《ふ》通《つう》じゃない毎《まい》日《にち》が
始《はじ》まったんだ！
麻《あさ》井《い》深《み》雪《ゆき》✣作《さく》
那《な》流《る》✣絵《え》
新《しん》感《かん》覚《かく》❤
ヴァンパイア・
ラブストーリー
霧《きり》島《しま》くんは
普《ふ》通《つう》じゃない
シリーズ